열혈 수탉 분투기

土鷄的冒險

Text Copyright ⓒ 2005 by Chang Xin Gang
Illustration Copyright ⓒ Shen Yuanyuan

Korean Translation Copyright ⓒ 2008 by Prunsoop Publishing Co., Ltd.
This translation edition is published by arrangement with Chang Xin Gang
through CHUNFENG LITERATURE AND ART PUBLISHING HOUSE.
All rights reserved.

이 책의 한국어판 저작권은 CHUNFENG LITERATURE AND ART PUBLISHING HOUSE 사를 통한
저작권자와의 독점 계약으로 (주)도서출판 푸른숲에 있습니다.
저작권법에 의해 한국 내에서 보호를 받는 저작물이므로 무단 전재와 무단 복제를 금합니다.

마음이 자라는 나무 016

열혈 수탉 분투기

창신강 지음 | 전수정 옮김 | 션위엔위엔 그림

차례

세상 밖으로 나온 병아리　7
우리는 수평아리? 아니면 암평아리?　12
아빠의 결투　25
이모의 별명은 '가짜 양키'　36
당황스런 커밍아웃　42
잘 싸워야 멋진 수탉!　50
지붕 위의 옥수수　62
아빠는 앞장서고 나는 뒤따르고　69
닭의 귀족, 서양 닭　76
아빠에게도 위기는 있다　85
울타리에 날개가 낀 롱롱　100

많이 먹고 얼른 살찌면?　111
달콤한 닭의 도시?　121
가짜 양키 이모의 단식 농성　131
수평아리 수난 시대　139
아빠가 사라졌다!　160
울타리에 걸린 그림자　172
이웃집 얼룩무늬, 우리 풀밭을 습격하다　190
자유로운 영혼　210
양계장의 그들에게 무슨 일이?　218
태풍처럼 불어 닥친 조류 독감　227
토종닭, 인기 상승!　232
영혼까지 따뜻한 날들　240

세상 밖으로 나온 병아리

나는 껍질을 깨고 세상 밖으로 나오는 순간, 나와 친구들 모두 자유일 거라고 생각했다. 그런데 우리와 똑같이 생긴 동족 외에 '주인'이라는 존재가 버티고 있을 줄이야! 그는 나와 친구들, 그리고 우리 가족 모두의 주인이었다. 결국 우리는 주인의 소유물이었던 것이다.

그렇다면 우리 토종닭의 조상은 대체 어디에 있는 것일까? 처음에 우리는 이런 간단한 문제조차 제대로 이해하지 못했다. 병아리가 알을 깨고 나온 뒤 쑥쑥 자라나 어른 닭이 되면 암탉은 으레 알을 낳는다. 그리고 그 알에서 다시 병아리가 나와 쑥쑥 자란다. 이런 식으로 한 대 한 대 이어가면서 대대손손 살아가는 거라고 생각했는데……. 어쩌다 우리에게 주인이 생긴 걸까?

　알에서 나온 지 십 분쯤 지나자 주인 내외의 목소리가 들렸다. 그들은 알아듣기 힘든 말을 얼마 동안 주고받았는데, 아무래도 우리 병아리들에 관한 얘기인 듯했다. 그들의 목소리에서 왠지 음험한 분위기가 느껴졌다. 친절함이라곤 눈곱만치도 담겨 있지 않은 주인 내외의 거친 목소리를 한참 동안 듣고 있노라니 나도 모르게 자포자기하는 심정이 되었다.

　신기하게도 나는 사람의 말을 알아들을 수 있다. 사람들이 뭐라고 하는지 알아듣는다는 뜻이다. 다른 병아리들이 모이를 조금 더 먹으려고 다툴 때 나는 주인의 얼굴만 물끄러미 쳐다본다. 어쩌면 나는 바보 토종닭인지도 모른다. 모이를 놓고 치열하게 싸우지 않는 병아리라면 어딘가 좀 모자란 것이 아닐까?

　다른 병아리들은 내가 주인의 말을 알아듣는 것은 물론 그들의 어감이나 표정까지 구별하고 있다는 사실을 모르고 있었다.

　주인 여자는 병아리들이 알을 깨고 나오면 얇은 알껍데기를 발로 밟아 암탉들에게 모이로 주었다. 암탉들은 그 알껍데기를 먹고 칼슘을 보충해 알을 더 빨리 낳았다.

　나는 우연히 죽은 알들을 발견하였다. 그 앞에 웅크리고 앉

아 알 속의 병아리들이 껍데기를 깨고 밖으로 나오기를 기다렸다. 그 안에 있던 병아리들 역시 나와 똑같은 생명체이건만, 안타깝게도 캄캄한 어둠 속에 갇혀 버리고 말았다.

주인 여자는 죽은 알들을 큰 빗자루로 쓸어 내며 찡그린 얼굴로 말했다.

"전부 죽은 알들이야!"

주인 여자의 표정에 아쉬움이 가득했다. 나 역시 마음이 편치 않았다.

세상 밖으로 나온 지 나흘째 되던 날, 나는 마당 한구석에서 주인이 내다 버린 죽은 알들을 또 보았다. 개수를 세어 보았더니 모두 여덟 알이었다.

나는 알 속의 병아리들을 깨우고 싶어서 부리로 껍질을 살짝 쪼아 보았다. 아무런 반응이 없었다. 나는 계속해서 껍질을 쪼아 댔다. 문을 두드리듯 조심스럽게 알을 쪼고 또 쪼았다. 그러다 갑자기 나의 이런 노력에도 불구하고 미동도 하지 않는 그 속의 병아리들이 원망스러워졌다.

급기야 나는 알을 향해 소리쳤다.

"일어나!"

며칠 후 죽은 알들이 마당에서 사라졌다. 나는 내가 보지 못한 사이, 병아리들이 스스로 알을 깨고 나와 나처럼 따뜻한 햇살을 받으며 어디선가 신선한 공기를 마시고 있을 것이라고 생각했다.
　그 순간, 나의 마음이 새털처럼 가볍게 날아올랐다.

우리는 수평아리?
아니면 암평아리?

우리는 알에서 나온 뒤 눈부시게 아름답고 따뜻한 햇살을 받으며 놀기에 바빴을 뿐, 우리가 수평아리인지 암평아리인지 하는 문제에는 별 관심이 없었다. 아빠는 분명하게 알고 있는 듯했지만, 우리에게 일일이 알려 주지 않았다. 때가 되면 우리 스스로 알게 될 거라고 생각하는 듯했다. 하긴 그런 건 굳이 가르칠 필요가 없었다. 알아야 할 나이가 되면 바보 닭이 아닌 이상 저절로 알게 될 테니까.

우리의 성별에 누구보다 관심을 많이 갖고 있는 사람은 다름 아닌 주인이었다. 그 일을 내 입으로 말하자니, 정말이지 부끄럽고 쑥스럽기 그지없다. 그런데 이상하게도 다른 병아리들은 부끄러움을 느끼지 않는 듯했다.

그 이야기를 하자면 우선 주인과 그 집 식구들을 설명해야 한다. 옥수수 얘기를 꺼내자면 옥수숫대부터 이야기하지 않을 수 없는 법. 어떤 얘기를 하더라도 매일 얼굴을 보고 사는 주인집 사람들 얘기를 빼놓을 수는 없다.

먼저 주인 남자를 소개하자면, 그는 대부분의 중국 사람과 마찬가지로 키가 그다지 크지 않고, 얼굴이 검붉으며, 팔다리가 단단하고 튼튼하다. 그는 무거운 옥수수 자루를 어깨에 둘러메고도 오 킬로미터를 거뜬히 걸어갈 정도로 힘이 장사다.

주인 남자는 옥수수를 사 가지고 올 때마다 옥수수 자루를 마당에 휙 던져 놓곤 했다. 그러면 낡디낡은 자루에 난 구멍으로 옥수수 알갱이가 흘러나왔고, 우리는 그걸 놓칠세라 벌 떼처럼 달려들어 깨끗하게 먹어 치웠다.

주인 남자는 농사꾼이었는데, 수염 달린 산양과 더럽기 짝이 없는 뚱뚱한 돼지 두 마리를 키우고 있었다. 돼지들은 하루 종일 꿀꿀거리며 먹기만 하다가 졸리면 잠을 잤다. 다른 것에는 아무런 관심이 없었다. 때때로 밥통을 뒤집어 엎어서 온몸에 돼지 죽을 뒤집어쓰고도 아무렇지도 않은 듯 태연한 표정을 지으며 게으름의 극치를 보였다.

내가 두 돼지의 코앞을 지나칠 때조차 어느 한 녀석 눈을 똑바로 뜨고 바라보는 일이 없었다. 아니, 내가 모기처럼 하찮은 존재라는 말인가? 모기라면 설령 머리에 앉는다 해도 꿈쩍하지 않을 수 있겠지만, 이래 봬도 나는 명색이 토종닭인걸!

우리 토종닭들은 주인 여자가 하는 말을 잘 알아듣지 못한다. 그녀의 목청이 귀가 떨어질 만큼 크기 때문이다. 주인 여자는 각기 다른 목소리로 돼지와 양, 닭 들을 부른다. 우리 닭들을 부를 때면 '꼬꼬꼬' 하는 독특한 소리를 낸다. 그 독특한 소리가 그나마 우리와 주인 여자의 거리를 좁혀 주고 있는 셈이다.

주인 여자는 부엌의 부뚜막이나 마당에서 가축들을 돌보며 한숨 돌리는 것을 좋아했다. 특히 우리 병아리들을 정이 담뿍 담긴 눈으로 자주 바라보곤 했다. 모이를 줄 때면 애정 어린 눈길로 우리 몸을 꼼꼼히 쓸어내렸다.

얼마 지나지 않아, 나는 주인 여자의 속내를 알아차렸다. 그녀는 우리가 하루 빨리 자라나기를 학수고대하고 있었다.

우리에게는 어린 주인이 두 명 더 있었다. 투토라는 남자

아이와 토자우라는 그의 누나. 남자 아이는 누나를 토자우라고 불렀으며, 토자우 역시 동생을 투토라고 불렀다.

어느 날 주인 내외가 일하러 나간 사이, 토자우가 투토를 돌보며 놀고 있었다. 투토가 갑자기 우리에게 흥미를 보이기 시작하더니 한 손으로 나를 거머쥐었다. 얼마나 세게 쥐었는지 숨조차 쉬지 못할 지경이었다.

토자우는 투토에게 나를 놓아주라고 했다. 그러나 투토는 들은 척도 하지 않고 오히려 손에 힘을 더 주었다. 나는 투토의 손아귀에서 목을 쭉 빼고 소리라도 지르고 싶었지만 신음조차 낼 수가 없었다. 이제 끝이구나, 싶었다. 이렇게 일찍 죽게 되다니! 이 아름다운 세상에 와서 얼마 살지도 못하고 이토록 허무하게……

그때 토자우가 투토의 손가락을 비틀며 소리쳤다.

"놔, 얼른 놓지 못해? 숨도 못 쉬잖아!"

투토도 목청을 돋워 소리를 질렀다.

"조금만 더 놀게!"

어린 주인이 조금 더 놀면 나는 목숨을 잃고 말 것이다. 바로 그 순간, 그러니까 숨이 막 끊어지려던 찰나, 주인 여자가 돌아왔다. 그녀는 마당에서 벌어지는 장면을 보자마자 투토에게 다가와 머리를 한 대 쥐어박았다.

"어서 놓지 못해! 암탉을 죽이면 앞으로 다시는 달걀을 못 먹을 줄 알아!"

투토는 그제야 손을 풀고 나를 놓아주었다. 나는 그 자리에서 바닥으로 나동그라졌다. 몸을 가누기가 힘들었지만, 다행히 정신은 말짱했다.

'내가 수탉이었다면 어떻게 되었을까?'

그러던 어느 날, 주인 내외가 우리 토종닭들을 마당으로 불러 모았다. 모두들 주인 내외가 뭘 하려는 건지 궁금해 했지

만 알 길이 없기는 마찬가지였다. 대개는 또 모이를 주려는 모양이라고 생각하는 듯했다. 나는 땅 위로 길게 늘어진 그림자를 보며, 모이 먹을 시간이 되려면 아직 한참 기다려야 한다는 사실을 알아차렸다. 무언가 중대한 일이 벌어질 듯한 예감이 들었다.

그때 주인 여자가 갈대로 만든 닭장 안으로 우리를 모조리 밀어 넣었다. 좁은 공간에 갇히자 온몸이 꽉 끼어서 여간 불편한 것이 아니었다. 밖으로 나가고 싶었다. 그러나 다른 닭들은 그저 모이를 달라고 성화일 뿐이었다.

주인 남자는 닭장 안으로 큰 손을 뻗더니 닭을 한 마리씩 잡아 주인 여자에게 넘겼다. 주인 여자는 익숙한 솜씨로 우리의 엉덩이를 벌리고 들여다보며 소리쳤다.

"암탉!"

"수탉!"

나는 닭장 안에서 필사적으로 요리조리 옮겨 다니며 주인 남자의 손아귀를 피했다. 그러나 결국 그 증오스러운 손아귀에 잡힌 채 주인 여자의 우악스러운 손으로 건네지고 말았다. 나는 창피해서 눈을 질끈 감았다. 아, 이 참을 수 없는 수치스러움.

주인 여자는 나를 한참 동안이나 훑어보았다. 나는 너무나 치욕스러워서 죽고 싶은 심정이었다. 주인 여자는 손으로 내 몸 곳곳을 함부로 헤집으며 주물럭거렸다. 차라리 죽는 게 낫지 않을까?

주인 여자가 입을 열었다.

"암탉 같기도 하고……."

그리고도 한참 동안 내 몸을 구석구석 만지작거린 뒤 한마디 덧붙였다.

"그런 것 같아."

나는 다른 닭들을 바라보았다. 녀석들은 아무렇지도 않은 듯한 표정이었다. 나 혼자서만 부끄러워서 몸 둘 바를 모른 채 한쪽 구석에 숨어서 민망함이 얼른 가시기를 기다렸다.

그때 주인 여자의 목소리가 들렸다.

"저 닭, 정말 이상해."

주인 여자가 가리키고 있는 닭은 다름 아닌 나였다. 그 순간 머릿속이 멍해졌다. 주인 여자가 칭찬을 한 건지 욕을 한 건지 알 수가 없었다.

그때 투토가 엄마의 말을 듣고 애원했다.

"쟤는 이상하니까 내가 좀 갖고 놀아도 돼?"

나는 그 말을 듣고 깜짝 놀랐다. 얼른 다른 닭들 사이로 숨어 들어가 주인의 의심스런 눈초리를 피했다. 여러 닭들 사이에 섞여 있어야 나의 특별

한 면이 감춰질 테니까.

그 일이 내게 행운인지 불행인지 솔직히 잘 모르겠다. 주인 여자의 결정으로 수평아리들은 모두 처리되었다. 처리된다는 건 두 가지를 뜻했다. 하나는 팔려 가는 것이고, 다른 하나는 주인의 식탁 위에 오르는 것이었다. 주인 여자가 주인 남자에게 속삭였다.

"닭을 잘 모르는 사람들한테 수평아리를 암평아리라고 속여 팔아요."

나는 다른 닭들에게 주인이 왜 수평아리를 암평아리로 속여 파느냐고 물었다. 그러나 하나같이 나를 거들떠보지도 않았다. 그들은 아직 생각 같은 걸 할 만한 때가 되지 않은 듯했다. 그저 나를 좀 별난 녀석으로 여기는 것 같았다. 나는 몹시 외로웠다.

그때 늙은 암탉이 내 쪽으로 걸어오며 거만하게 말했다.

"왜냐하면 암탉이 수탉보다 비싸거든."

"왜 비싼데요?"

"암탉은 알을 낳지만 수탉은 못 낳잖아."

더 이상 묻고 싶지 않았다. 모든 기준이 주인의 필요에 따라 정해질 뿐이었다.

기분이 나빴다. 그건 우리에게 무척 불쾌한 일이었다. 더

군다나 나처럼 생각이라는 걸 할 수 있는 토종닭에게는 더욱 그러했다. 토종닭에게 생각이 있다는 건 불행한 일이다.

　주인 여자가 닭을 사러 온 첫 번째 손님을 맞았다. 목소리가 매우 큰 여자였다. 두 여자는 마당에서 싸우듯이 가격을 흥정했다. 주인 여자는 닭을 사러 온 여자가 자기보다 전문가라는 사실을 미처 고려하지 못했다.

　손님은 주인 여자가 분류해 놓은 암평아리들을 한 마리씩 차례로 들어 보았다. 내 눈앞에서 친구들이 또다시 엉덩이가 헤집어지는 수모를 당했다. 손님은 꼼꼼히 다 살피고 나서 못마땅한 목소리로 이렇게 내뱉었다.

　"저런, 모두 다 수평아리잖아? 이 집 병아리는 죄다 수컷뿐이네!"

그 손님은 한 마리도 사지 않고 화를 내며 가 버렸다. 손님이 사라지자 주인 여자는 마당에 서서 한참 동안 욕을 퍼부어 댔다.

"원 세상에, 눈이 저렇게 매서운 여자는 처음 보겠네. 한 마리도 빼놓지 않고 검사를 하다니……. 아유, 지독한 여자 같으니라고!"

주인 여자는 자기가 남을 속이려 한 것은 생각지도 않고 다른 사람의 눈썰미가 좋은 것만 탓했다.

다음 날에는 젊은 여자 둘이 왔다. 결혼한 지 얼마 안 되는 새댁들인지 새색시들이 입는 옷을 걸치고 있었다. 그중 한 여자가 주인 여자에게 말했다.

"저, 암평아리를 몇 마리 사려고요. 나중에 알을 낳으면 달걀도 먹을 수 있잖아요."

주인 여자는 수평아리 몇 마리를 암평아리라고 속여 파는 데 성공했다. 새댁이 주인 여자에게 돈을 낼 때, 나는 답답한 마음을 이기지 못하고 마당을 이리저리 뛰어다녔다. 그러나 새댁은 전혀 눈치를 채지 못했다. 나는 그녀의 어리석은 행동 때문에 돌아 버릴 지경이었다.

수평아리들이 팔려 나가자 친구들이 확 줄었다. 나는 팔려 나간 수평아리들의 운명이 어떻게 될지 몰라 두려움에 휩싸

였다. 모르는 사람 집에서 암평아리 행세를 하며 자라다가, 어느 날 갑자기 알을 못 낳는 수평아리라는 사실이 밝혀지면 어떻게 될까? 그 뒷일이 심히 걱정스러웠다.

다행히 나는 남겨졌다. 주인 여자가 나를 암평아리로 분류한 까닭이었다. 닭장 속 토종닭들이 눈에 띄게 줄었다. 이전만큼 복작거리지 않아서 그런지 닭장이 훨씬 넓어진 것 같았다.

나는 생각이 점점 더 많아졌다. 그러나 그때까지만 해도 나의 외모가 다른 닭들과 조금씩 달라지기 시작했다는 사실을 미처 깨닫지 못했다. 친구들과 약간 다르게 생겼다는 걸 어렴풋이 느끼기 시작했을 때는 그야말로 희비가 엇갈렸다.

아빠의 결투

풀밭에 우뚝 서 있는 커다란 수탉. 나는 그 닭이 우리 아빠라는 사실을 한눈에 알아보았다. 그렇지만 엄마를 본 적은 한 번도 없었다. 주인 여자가 엄마를 처리했다는 사실을 아빠에게 전해 들었을 뿐이다. 나는 어떻게 된 일인지 꼭 알고 싶었다. 그래서 아빠에게 다가가 이렇게 물었다.

"어떻게 처리했어요?"

하지만 아빠는 내 질문을 듣고도 아무 말을 하지 않았다. 나는 한참이 지난 뒤에야 알게 되었다. 알을 품어서 병아리를 부화시킨 닭은 이듬해가 되면 알을 적게 생산해서 늙은 닭 신세가 된다는 것을.

나는 아빠에게 다시 물었다.

"사람들이 엄마를 어떻게 처리했어요? 말해 주세요."

"묻지 마. 처리했다면 처리한 줄 알아. 없어진 거야. 다시는 엄마를 볼 수 없어. 엄마는 이 땅에서 영영 사라진 거야. 영원히 사라진 거라고!"

"사라진 거 미워요!"

아빠는 눈을 동그랗게 뜨고는 걱정스러운 얼굴로 나를 바라보았다.

"아빠가 그렇게 노려봐도 나는 사라진 거 미워요!"

나는 아빠가 말한 '사라진 거'가 틀림없이 괘씸한 물건일 거라고 생각했다.

주인 여자가 우리를 처음으로 마당 밖으로 데리고 나가 풀어 놓았다. 작은 막대기로 우리를 강가의 풀밭으로 몰고 가 먹이를 찾게 했다. 주인 여자는 시시때때로 우리가 근처에 있는지 감시하면서 털실로 투토의 겨울 스웨터를 짰다.

나는 고개를 돌려 내가 살고 있는 닭장과 주

인이 사는 큰 집, 그리고 작은 마당을 바라보았다. 그 옆에는 이웃집 마당이 있었다. 두 집 사이에는 담장 대신 나무 울타리가 둘러쳐져 있었다. 봄바람이 불어올 무렵, 이웃집에서 우리 같은 토종닭을 비롯한 여러 가축들의 울음소리가 뒤섞여 들려왔다.

아빠는 풀밭 위에 서서 힘차게 날갯짓을 하고 있었다. 그런데 모이를 찾을 생각은 하지 않고 뭔가를 들으려는 듯 목을 쭉 뺀 채 귀를 기울이고 있었다. 얼마 지나지 않아, 나는 아빠가 이웃집 마당에서 나는 수탉의 울음소리에 귀를 기울이고 있다는 것을 알았다. 아빠는 그 울음에서 전쟁의 위협을 느끼고 있었던 것이다.

다른 토종닭들 역시 그 울음소리에 관심을 두고 있었다. 나와 친구들은 아직 어려서 그것이 전쟁의 전조인지 몰랐지만, 전쟁의 화약 냄새는 이미 봄 하늘의 공기를 가득 메우고 있었다.

아빠의 엄숙한 자태는 나에게 깊은 인상을 주었다. 아빠 머리에 돋아나 있는 볏에 빨갛게 핏대가 섰다. 햇빛을 받자 그것이 더욱 붉게 빛나며 마치 금세라도 터질 것만 같았다.

아빠는 무거운 걸음걸이로 이웃집에 다가가 마당 안 깊숙한 곳을 살폈다. 그 집 마당에는 커다란 수탉이 날카로운 발톱

으로 흙을 움켜쥐며 초조한 듯 이리저리 걸어 다니고 있었다.

 순간 나는 불길한 피 냄새를 맡았다. 아빠가 위험한 순간을 목전에 두고 있다는 사실을 직감했다. 아빠에게 이 사실을 알려야 했다. 곁으로 다가가 말을 꺼내려는데, 아빠가 고개를 돌려 나를 바라보았다. 아빠는 나더러 친구들 곁으로 돌아가라고 했다.

 그날은 그냥 그렇게 흘러갔다. 바람도 잠잠했고 파도도 조용했다. 전쟁의 위험도 서서히 사라져 가는 듯했다.

 그런데 이틀 뒤, 결국 전쟁이 시작되고 말았다. 아침을 먹고 나서 하늘을 올려다보니, 태양이 어디에 걸려 있는지조차 가늠할 수 없을 정도로 캄캄했다. 오전 내내 태양은 얼굴을 내밀지 않았고, 바람마저 거세게 불어 댔다. 스산한 바람이 모두의 마음을 흔들어 놓았다.

 아빠는 암탉들을 이끌고 마당 밖 풀밭으로 나가 먹이를 찾게 했다. 나처럼 어린 병아리들은 배부르게 먹고 마시며 꼬꼬꼬 쉴 새 없이 조잘거렸다.

나는 아빠의 비장한 표정과 긴장감이 감도는 눈을 보았다. 아빠는 부리로 먹이를 집어 들다가 떨어뜨리고, 다시 집어 들다가 떨어뜨렸다. 아무래도 무의식 중에 같은 행동을 반복하고 있을 뿐 먹이에는 사실 관심이 없는 것 같았다. 아빠의 정신은 온통 한곳에 쏠려 있었다. 한참 동안, 아니 사실은 이 봄 내내 눈을 부릅뜨고 이웃집 마당에 집중하고 있었다.

아빠가 초조해 하고 있던 바로 그 순간, 주인 여자가 우리와 조금 떨어진 곳에서 이쪽의 동향을 살피고 있었다. 주인 여자도 낌새를 눈치 채고 있었다. 그녀는 어쩐지 두 집의 닭들이 서로 싸우기를 바라는 듯했다.

주인 여자가 아빠에게 소리쳤다.

"기다리지 마. 달려들어서 물어 죽여!"

나는 주인 여자가 무엇 때문에 전쟁을 바라는지 도무지 알 수가 없었다.

아빠를 비롯한 우리 가족은 모두 온몸에 붉은빛이 도는 누런 털이 나 있었는데, 특이하게도 목덜미에만 마치 목도리를 두른 것처럼 하얀 털이 나 있었다. 주인 여자는 그 하얀 털로 우리 가족을 알아보았다. 모이를 줄 때 목덜미에 하얀 털이 없는 닭은 곧장 밖으로 쫓아내 버렸다.

아빠가 갑자기 멈춰 섰다. 상대가 나타난 것이었다. 이웃 집의 큰 수탉이 마당에서 뛰쳐나왔다. 기세로 보아 아빠를 전혀 두려워하지 않는 듯했다. 그 수탉이 우리가 있는 풀밭으로 한 걸음씩 다가오자, 나는 온몸의 피가 얼어붙는 것 같았다. 나는 사시나무 떨듯 몸을 바르르 떨었다.

온몸에서 자신감이 흘러넘치는 그 수탉은 얼룩무늬를 갖고 있었다! 얼룩무늬 수탉의 발걸음에서는 망설임이나 두려움은 조금도 찾아볼 수 없었다. 오만함만이 가득할 뿐이었다. 그 수탉은 자기가 우리 풀밭을 침범했다는 생각은 전혀 하지 않는 듯했다. 마치 식사를 마치고 자기 별장 앞을 산책하듯 거침없는 발걸음이었다.

바로 그때, 나는 부들부들 떨고 있는 아빠의 두 다리를 보았다. 나는 아빠가 두려움으로 떠는 줄 알았다. 그런데 그게 아니었다. 아빠는 이웃집 수탉을 향해 한 치의 망설임도 없이 성큼성큼 걸어 나갔다. 아빠는 공포가 아닌 분노로 몸을 떨었던 것이다.

두 마리의 수탉은 오십 센티미터 정도를 사이에 두고 마주 섰다. 둘 다 목 둘레의 깃털을 빳빳하게 세운 채 날카로운 눈빛으로 상대를 노려보았다. 이렇게 살벌하고 무서운 장면은 태어나서 처음이었다.

뒤쪽에 서 있던 주인 여자가 혼잣말로 나지막이 말했다.
"어디 보자, 곧 시작하겠는데."
곧 전쟁이 터진다는 뜻일까?
가슴이 방망이질하듯 마구 뛰었다. 그뿐만이 아니었다. 너무나 두려운 나머지 절로 몸서리가 쳐졌다.
암탉들도 두 수탉의 결투를 주목하고 있었다. 수탉 두 마리가 싸워서 이기고 지는 것이 암탉들과 무슨 연관이 있을까? 수탉들의 싸움이 끝나면 암탉들이 승리한 수탉을 따른다는 사실을 나중에 주인 여자가 하는 말을 듣고 알았다.

당장이라도 맞붙을 것 같던 아빠와 이웃집 수탉은 십 분 동안이나 꼼짝 않고 서로를 노려보기만 했다. 그들은 인간들이 심리전을 치르듯, 상대방의 눈빛에서 나약함과 좌절감을 찾아내려 했다. 아빠와 이웃집 수탉 둘 다 이 결투를 결코 포기할 수 없었다.

주인 여자는 지루해 했다. 결투의 전초전이 너무 길다고 생각하는 듯했다. 참다 못한 주인 여자는 수탉들을 향해 소리를 버럭 질렀다.

"싸워! 덤벼들라고!"

앞의 말은 두 수탉 모두에게 한 말이지만, 나중 말은 아빠에게 내린 명령이었다.

주인 여자의 외침에 수탉 두 마리가 몸을 부르르 떨었다. 자극을 받은 듯했다. 그러나 그들은 서로 한 발짝씩 다가섰을 뿐 본격적으로 맞붙지는 않았다.

주인 여자는 이 싸움이 길어지는 것을 바라지 않았다. 곧 돼지 사료를 챙기고 가족들의 점심을 차려 줘야 하기 때문이었다. 주인 여자는 빗자루로 땅바닥을 이리저리 후려쳤다. 풀이 사방으로 마구 날렸다.

"물어 죽여! 어서 달려들어 물어뜯으란 말야!"

주인 여자의 말에 아빠가 먼저 덤벼들었다. 그러나 경험이 풍부한 이웃집 수탉은 아빠의 공격을 잽싸게 피했다. 아빠는 공중을 날아 땅바닥에 내려앉았는데, 그곳은 방금 전까지 이웃집 수탉이 서 있던 자리였다.

첫 번째 교전은 자리를 바꾸는 데서 그쳤다.

아빠는 날카로운 발톱으로 상대의 볏을 움켜쥐는 두 번째 공격을 감행했다. 그 모습을 보고 나는 똑똑히 깨달았다. 볏을 잡으려면 우선 몸을 공중으로 날린 다음, 상대의 머리 위를 지나는 순간 두 발에 힘을 주어 재빠르게 공격해야 한다는 사실을. 아빠의 이번 공격은 두고두고 내 머릿속에 남았다.

이웃집 수탉은 볏을 잡히고 나자 미친 듯이 공격을 하기 시작했다. 두 마리 수탉은 부리로 서로의 목을 물어뜯고 몸을 비틀며 빙빙 돌았다. 결사적인 순간이자 인내심이 필요한 시간이었다.

둘은 서로 엉킨 채 삼 분 정도 뒹굴었다. 그때 마침 이웃집 수탉의 주인인 얼굴 큰 여자가 마당에서 나왔다. 그녀는 싸움이 난 것을 보더니, 혹여라도 자기네 수탉이 질까 봐 억지로 뜯어말렸다.

나는 얼른 싸움터로 다가갔다. 아빠의 목에 있던 하얀 깃털이 한 움큼 빠지고 없었다. 얼룩무늬 수탉의 부리에 뽑혀 나간 것이었다. 이웃집 수탉의 볏에서는 피가 뚝뚝 떨어지고 있었다. 풀밭에서 피비린내가 났다.

주인 여자는 아쉬운 듯 손에 들고 있던 막대기를 풀밭에 버리고는 입속말로 욕을 하며 마당으로 돌아갔다.

아빠는 머리를 꼿꼿이 든 채 풀밭에 서 있었다. 나는 아빠 옆으로 살며시 다가가서 물었다.

"아빠, 아파요?"

아빠는 흔들림 없는 자세로 "꼬끼오!" 하고 길게 울어 젖힌 뒤 머리를 털었다. 털이 뭉텅 빠져 버린 목 언저리에서 피가 벌겋게 배어 나오고 있었다.

이모의 별명은 '가짜 양키'

주인 여자는 암탉 한 마리를 유난히 총애했다. 그 암탉은 정해진 시각, 정해진 장소에서 한 번도 거르지 않은 채 날마다 알을 낳았다.

주인 여자는 이 암탉이 매일 꼬박꼬박 알을 낳는 이유가 서양 닭과 교배해서 태어난 종자이기 때문이라고 했다. 한마디로 그 닭은 토종닭이 아니라 서양 닭이었다. 서양 닭은 일요일도 거르지 않고 알을 낳았다. 이것이 주인 여자에게 특별히 사랑받는 이유였다.

나는 어미 닭들 속에서 그 서양 닭을 보았다. 그 닭은 나에게 이모인 셈이었다. 무엇보다 깃털 색이 눈에 띄게 아름다웠다. 게다가 물 흐르듯 매끈하게 균형 잡힌 각선미는 누가 뭐래도 인정하지 않을 수 없었다. 주인 여자의 사랑을 독차지하는 것에 질투가 난 다른 암탉들은 그녀에게 '가짜 양키'라는 별명을 붙여 주었다.

가짜 양키 이모를 향한 주인 여자의 애정은 곳곳에서 드러났다. 가령, 마당에서 암탉들에게 모이를 줄 때 주인 여자는 가짜 양키 이모를 먼저 불러서 모이를 먹이곤 했다. 가짜 양키 이모는 암탉들의 시샘 어린 시선에 크게 마음을 쓰지 않았다.

어느 화창한 봄날, 따사로운 햇살 속에서 아빠가 가짜 양키 이모를 넋 없이 바라보고 있었다. 마치 뭔가에 홀린 듯했다. 결투를 할 때와는 사뭇 다른 모습이었다. 이모는 그것을 아는지 모르는지 일정한 거리를 유지한 채, 가까이 다가왔다 멀어졌다를 반복하며 아빠를 안절부절못하게 했다.

아빠는 이모가 단체 생활에 제대로 적응하지 못하고 있다고 생각했다. 혹시라도 이모가 마당을 뛰쳐나가 먼 곳으로 달아나 버릴까 봐 조바심을 내고 있었다.

나는 이모가 가슴에 꿈을 품고 사는 낭만적인 닭이라고 생각했다. 소박하지만 아름답고 환상적인 꿈을 꾸는 닭……. 나는 이모 주변을 종종 맴돌았다. 이모에게는 내 마음을 끌어당기는 특별한 뭔가가 있었다. 그러나 정작 이모는 나에게 그다지 관심이 없었다. 내가 너무 어리기 때문일까.

그런데 어느 날, 주인 여자의 총애를 한몸에 받던 이모에게 갑작스런 변화가 생겼다. 내가 보기에 그것은 아주 사소한 일이었다. 그러나 주인 여자에게는 절대로 용서할 수 없는 중대한 사건이었던 듯했다.

이모가 이웃집 닭장에다 알을 낳고는 얼굴이 빨개져서 '꼬꼬꼬' 하며 집으로 돌아왔다. 주인 여자는 이모가 알을 낳았을 시각에 맞춰 닭장 안을 뒤졌다. 그런데 손을 아무리 휘저

어 봐도 알이 잡히지 않았다. 이모가 다른 곳에다 알을 낳았다는 사실을 알아차린 주인 여자의 낯빛이 순식간에 확 바뀌었다. 주인 여자는 씩씩거리며 마당을 뛰어나가더니 풀밭을 비롯해서 도랑 옆과 볏단 속 등 알을 낳을 만한 곳을 세 번씩이나 돌아보았다. 하지만 이모가 낳은 알은 어디에도 없었다.

주인 여자는 마당으로 돌아와 이모에게 큰 소리로 호통을 쳤다.

"야, 알을 어디다 낳은 거야?"

그러나 이모는 주인 여자의 엄포를 들은 척도 하지 않았다. 이모는 포근하고 편안한 보금자리라면 어느 집 닭장이든 상관없이 알을 낳을 수 있다고 생각했다.

주인 여자는 계속해서 이모를 몰아세웠다.

"너한테는 날마다 좋은 모이를 줄 테니, 알은 반드시 우리 집 닭장에다 낳아야 해, 알아들었지?"

이모는 고개를 돌린 채 불만이 가득한 눈으로 초라하고 지저분한 닭장을 바라보았다. 그 표정으로 보아, 이모도 주인 여자가 소란을 떠는 이유를 알고 있는 것 같았다. 그러나 주인 여자는 이모의 눈빛을 이해하지 못한 채, 잃어버린 알을 찾겠다는 생각에만 사로잡혀 있었다.

다음 날, 이모가 또다시 이웃집 닭장에 알을 낳았다. 나는 이모가 일부러 그러는 것은 아닐까, 하는 의심이 들었다.

마침내 주인 여자는 이모가 어디에다 알을 낳는지 알아냈다. 그녀는 화가 머리끝까지 치밀었다. 그건 정말 참기 힘든 일이었다. 주인 여자는 당장 이모를 닭장에 가두어 버렸다.

다음 날 이른 새벽, 주인 여자는 다른 닭들이 아직 잠에서 깨어나지도 않은 시각에 닭장으로 다가가 이모를 붙잡은 뒤 알 낳는 둥지로 밀어 넣었다. 이모는 알을 낳고 나서야 겨우 풀려날 수 있었다.

주인 여자가 이모를 감금하는 동안 다른 암탉들은 무척 편안해 했다. 모두들 주인 여자가 일찌감치 그런 조치를 취했어야 했다고 생각하는 듯했다. 지나치게 총애를 받는 바람에 문제가 생겨 일이 이만큼 커진 거라고 수군거렸다.

하지만 나는 여전히 이모가 나쁘다는 생각은 들지 않았다. 이모는 그런 식으로 주인 여자에게 둥지의 조건을 개선해 달라고 항의한 것일 뿐, 토종닭들을 곤란하게 만드려는 생각은 추호도 없었기 때문이다. 그러나 애석하게도 주인 여자는 이모가 알을 어디에 낳았는지에만 신경을 썼을 뿐, 닭들의 생활 여건 따위는 안중에도 없었다. 이모의 생각을 알게 된 후, 나는 이모가 알둥지에 갇히는 모습을 매번 비통한 심정으로 지켜보았다.

 어느 날은 이모가 알 낳는 둥지에 갇힌 채 혼자 우는 모습을 목격했다. 항상 밝은 표정을 짓던 이모가 우는 모습을 본 것은 그때가 처음이었다. 나는 마음이 찢어질 듯 아팠다.

당황스런
커밍아웃

 나는 씨암탉 언니와 동생 병아리들 속에서 중간쯤이라고 할 수 있었다. 이제 주인 여자는 나를 암평아리라고 불렀다. 양계 방면에서 비교적 경험이 풍부한 주인 여자가 나를 암평아리로 분류한 뒤로, 나는 한 번도 내 성별에 의문을 품어 본 적이 없었다. 우리가 사는 닭장에는 수평아리 몇 마리도 함께 지냈다.
 주인 남자가 수평아리들을 앞으로 어떻게 할 거냐고 물었을 때, 주인 여자는 아직 결정하지 않았다고 대답했다. 주인 여자는 날마다 사나운 눈길로 수평아리들을 응시했다. 예리한 칼날처럼 수평아리들의 몸을 이리저리 훑어 내렸다. 아직 실하게 자라지 않은 발톱과 연약하기 그지없는 앞가슴, 뾰족

하게 돋아 나오기 시작하는 볏을 찬찬히 살펴보았다. 수평아리들은 하나같이 창백하고 무기력한 모습이었다. 그저 눈동자를 이리저리 굴리며 사방을 두리번거릴 뿐이었다. 그 수평아리들 가운데 가족을 통솔할 수 있는 강인한 힘을 가진 녀석은 한 마리도 눈에 띄지 않았다.

그러나 주인 여자는 곧 수평아리들 가운데서 그나마 영웅적 기개가 엿보이는 녀석을 한 마리 찾아낸 다음, 나머지는 차례대로 잡아 주인 남자의 밥상에 올릴 것이었다.

나는 이 모든 일들을 사람들이 나누는 대화를 통해 깨달았다. 사람의 말을 이해하지 못하는 닭들은 절대로 알 수 없는 일일 터였다.

나는 풀밭에서 한가롭게 모이를 쪼아 먹고 있는 수평아리들을 멀거니 바라보았다. 그들에게서 걱정 따위는 조금도 발견되지 않았다. 앞으로도 주인에게 무한한 사랑을 받으면서 대를 이어 토종닭의 명성을 길이길이 남길 것이라 확신하는 듯했다.

수평아리들은 아빠 몸에 난 상처를 곧 잊어버렸다. 그 끔찍한 상처는 새로 돋아난 깃털에 가려져 이내 감춰졌다.

어느 날 나는 아빠에게 상처가 어떤지 물어보았다. 아빠는 뜻밖이라는 듯한 눈빛으로 나를 바라보며 물었다.

"내 몸의 상처가 궁금하니?"
"아빠 상처를 궁금해 하면 안 돼요?"
"내 상처는 너하고 아무런 상관이 없단다."
"언젠가는 상관이 있을 거예요."

뒤로 돌아서는 순간, 내 뒤를 지켜보는 아빠의 시선이 느껴졌다.

며칠 후, 아주 이른 새벽이었다. 나는 갑자기 목청이 터질 것만 같아 크게 소리치고 싶은 충동에 휩싸였다. 창자 속에서 무언가가 울부짖으며 밖으로 솟아 나오려고 했다. 그 참을 수 없는 느낌은 태양이 막 떠오르려 할 때 절정에 달했다.

그러나 나는 소리를 내지 않았다. 등을 구부린 채 온몸을 비틀며 소화시키지 못한 음식물을 토해 내는 듯 마른기침을 해 댔을 뿐이다. 무척 흉한 꼴이었다. 암평아리들은 나를 힐 끗 보더니, 금세 못생긴 얼굴에 천방지축이기까지 한 수평아리들 쪽으로 눈을 돌렸다. 그들은 나와 수평아리들을 번갈아 바라보며 추측과 의혹의 눈길을 보냈다.

나는 아빠가 볏단 위에서 위풍당당하게 홰를 치던 모습을 떠올렸다. 그 모습은 내 머릿속에 깊이 새겨져 오래도록 지워지지 않았다. 아빠가 이른 새벽 홰를 치고 나서 태양이 깨어나고, 마을의 지붕에서 연기가 피어올랐다. 개와 돼지들도 간

밤의 단잠에서 깨어나 배고픔을 느끼고 사람의 움직임에 귀를 기울이며 울어 대기 시작했다.

나는 마당 한구석에 쌓여 있는 볏단 아래에 서 있었다. 아빠와 함께 볏단 위에 올라서서 먼 곳을 바라보고 싶었다. 하지만 아직은 볏단 위로 날아오를 힘이 부족했다. 나는 그저 아빠를 우러러보며 감상할 뿐이었다. 그런데 어느 순간 아빠가 마치 하늘나라에 살고 있는 닭처럼 특별해 보였다. 이 작은 마당에서 살기에는 너무나 위대해 보였고, 평범한 우두머리 수탉으로만 지내기에는 몹시 아깝다는 생각이 들었다.

아빠는 볏단 위에서 가볍게 날아 내려와 내 앞에 섰다. 그러고는 나를 보며 말했다.

"너, 너무 일찍 일어나면 안 돼. 몸이 더 자라야 하거든. 많이 먹고 많이 자야 한다. 알았지?"

"전 새벽부터 깨어 있었는걸요."

그렇게 말하면서도 아빠가 홰를 칠 때의 열정을 부러워하고 있다는 말까지는 감히 할 수가 없었다. 아빠가 홰를 칠 때의 풍채는 말로 다 표현할 수 없을 만큼 멋있었다.

아빠는 의심스러운 눈빛으로 나를 보며 말했다.

"방금 뭐라고 했냐? 새벽이 될 때까지 아무 소리도 나지 않았는데……. 그때 네가 깨어 있었다는 말이니?"

"네, 그 시간이 되면 목이 근질근질해서 막 소리치고 싶어지는걸요!"

아빠는 큰 소리로 되물었다.

"너, 그 말은……. 그러니까 새벽이 되면 목이 근질근질 가려워진다는 뜻이냐?"

"네, 목뿐만 아니라 온몸이 다 근질근질해요!"

아빠는 머리를 흔들며 말했다.

"그럴 리가! 그건 내가 어릴 때 앓았던 병하고 똑같은 건데! 그것은 수탉만이 갖는 병이야! 너는 암평아리인데 어떻게 그런 병이 생긴단 말이냐?"

나는 아빠의 말을 이해할 수가 없었다.

"수평아리만 목이 근질근질한 병이 생기는 거라고요?"

아빠는 목소리를 높였다.

"당연하지. 가만, 그러면 네가 설마 수탉이란 말이야?"

믿을 수 없는 일이었다.

"말도 안 돼요! 주인 여자는 나보고 알을 낳을 수 있는 암평아리라고 했는걸요."

아빠는 나를 가만히 바라보더니 의미심장한 목소리로 말했다.

"너, 소리를 한번 내 봐라."

"소리를 어떻게 내요?"

"볏단 위에 올라서서 소리를 쳐 봐."

"네? 저보고 지금 홰를 쳐 보라는 거예요?"

"그래, 홰를 한번 쳐 봐라!"

나는 심호흡을 한 다음 소리를 질렀다. 공기를 찢을 듯이 거북한 기침 소리가 났다. 그런데 뜻밖에도 아빠는 깜짝 놀라며 이렇게 말했다.

"아이고, 너 수탉이었구나! 기침하는 모습을 보니 나 어릴 때와 똑같아."

나는 눈물을 머금고 아빠에게 물었다.

"제가 수탉이라고요?"

아빠는 고개를 끄덕였다.

"내가 보기에 너는……."

나는 아빠에게 바보처럼 물었다.

"암탉이 되는 게 좋아요? 수탉이 되는 게 좋아요?"

"그건 선택할 수 있는 게 아니야. 넌 수탉이다!"

아빠는 낯빛이 금세 침울해지더니 이내 근심스러운 표정으로 바뀌었다. 나 때문에 그러는 건가? 왜 나를 걱정하지?

내가 자리를 떠나려 하자, 아빠가 나지막한 목소리로 당부했다.

"나는 네가 꿋꿋하게 살아남기를 바란다! 얼른 가서 아침밥을 먹으렴."

아빠는 볏단 아래에 서서 내가 걸어가는 모습을 오래도록 지켜보았다. 여전히 어두운 표정이었다. 나의 미래를 걱정하고 계신 걸까?

마당 한가운데에 먹을 것이 보였다. 갑자기 식욕이 당겨서 재빨리 뛰어가 허겁지겁 먹어 치웠다. 전에는 없던 일이었다. 나중에 알게 되었지만, 이것은 수평아리의 성대에 살이 찌고 있다는 뜻이었다. 앞으로 펼쳐질 위험한 세상을 살아 내기 위한 준비 단계였으며, 그것은 암평아리들 앞에 놓인 길과는 전혀 다른 것이었다.

주인 여자는 모이를 먹고 있는 나를 보며 혼잣말로 중얼거렸다.

"이 암평아리가 알을 낳으면 굉장히 크겠는걸."

나는 그 말을 듣고 뜨끔해져서, 수탉이라는 사실을 눈치 채지 못하게 하려고 짐짓 모이를 천천히 먹었다. 그때만 해도 그것이 평화롭게 먹을 수 있는 마지막 아침이라는 사실을 미처 알지 못했다. 나의 행복한 어린 시절은 너무나도 빨리 끝나 버리고 말았다.

잘 싸워야
멋진 수탉!

 안개가 짙게 드리워서 신비로운 기운이 감돌던 날 새벽, 예상치 못한 사건이 터졌다. 훗날 생각해 보니, 그날 앞을 분간하기 어려울 만큼 심하게 안개가 끼어 있었기 때문에 그 사건이 나에게 비극이 아닌 기쁨으로 남을 수 있었다.

 결국 나는 소리를 내고 말았다. 처음으로 크게 홰를 치고, 새벽 울음을 울었다. 내 목소리가 성대를 치고 뿜어 나오자, 곤히 자고 있던 수평아리들과 암평아리들이 소스라치게 놀랐다. 아니, 무엇보다 나 자신이 너무도 놀라서 팔짝 뛰어올랐다.

 내 목소리는 새벽 공기를 가르며 멀리까지 울려 퍼졌다. 마을 밖 길을 건너고 초원을 가로질러 이웃 마을까지 퍼져 나가 그 동네 개의 단잠을 깨웠다.

짙은 안개에 가려 눈앞을 분간할 수 없자, 병아리들은 사방을 둘러보며 누가 소리를 냈는지 찾느라 분주했다.

"방금 천둥 치듯 우렁찬 소리를 낸 게 누구야? 놀라 죽을 뻔했잖아!"

늦잠꾸러기 수평아리가 말했다.

"아빠지, 누군 누구야!"

누군가 무심히 대답하자 그중 똑똑한 수평아리가 토를 달고 나섰다.

"아니야, 그건 분명 젊은 소리였어. 귀에 쩌렁쩌렁하게 울리는 걸로 봐서 분명히 아빠는 아냐!"

내 목소리에 아빠도 놀란 모양이었다. 아빠가 나에게 다가왔다. 아빠는 나를 데리고 볏단 뒤로 걸어가더니 수심이 가득한 눈으로 말했다.

"나는 다 안다."

"뭘요?"

"그거 네 목소리지?"

"저는 그저 목소리를 한번 시험해 보려고 했을 뿐이에요. 요즘 제 머릿속은 온통 그 생각뿐이거든요. 다른 생각은 나지 않아요. 제 목소리가 그렇게 클지 짐작도 못했어요. 너무 야단치지 마세요. 성대가 가려워 죽을 것만 같다고요!"

"소리 지른 것을 탓하는 게 아니란다. 기억해 둬라. 주인 여자가 처음에 너를 왜 남겨 놓았는지 말이야. 네가 알을 낳을 수 있는 암평아리이기 때문이잖아. 지금 네가 수탉이라는 사실은 너와 나만 알고 있는 거다. 우선 비밀로 해 두자. 그렇게 하는 것이 너에게 유리할 거야. 오래도록 살아남으려면 어쩔 수 없어. 어쨌거나 너는 너무 조숙해! 내가 어릴 때보다 훨씬 조숙하단 말이야!"

나는 '조숙'이라는 단어가 칭찬이라고 생각했다. 그러나 아빠의 눈에는 책망과 걱정, 답답함 같은 것이 어려 있었다.

수평아리들 중에 아빠를 쏙 빼닮은 녀석이 있었다. 그야말로 아빠의 축소판이었다. 그 녀석의 목에도 흰 목도리가 둘러져 있었다. 심지어 그 흰 목도리는 아빠 목에 있는 깃털과 넓이까지 비슷했다. 우리는 그 녀석을 '하얀 깃털'이라고 불렀다.

하얀 깃털의 외모가 아빠와 똑같았기 때문에 주인 여자 역시 녀석을 몹시 아꼈다. 주인 여자는 먹이를 줄 때마다 빠뜨리지 않고 한마디씩 했다.

"하얀 깃털아, 쑥쑥 자라라. 그래서 늙은 하얀 깃털보다 힘이 세져야지!"

'늙은 하얀 깃털'이란 아빠를 가리키는 말이었다. 나는 주인 여자의 그 말이 듣기 싫었다. 아빠는 나에게 영웅이었다. 아무래도 주인 여자는 하얀 깃털을 잘 키워서 장차 토종닭들을 다스리게 할 심산인 듯했다. 말하자면 하얀 깃털은 외모 덕분에 주인 여자의 마음에 이미 중요하게 자리 매김해 있었다.

그러나 아빠는 유독 나에게 관심을 보였다. 내가 다른 수평아리들과 싸움이라도 할라치면, 다른 수평아리들을 쪼아 멀리로 쫓아 버렸다. 그들이 나에게 상처를 입힐까 봐 걱정하는 듯했다. 그런 일이 반복되자 아빠가 나를 특별하게 여기고 있다는 생각이 들었다.

어느 날 아빠에게 조심스레 물어보았다.

"왜 저를 항상 그렇게 보살펴 주세요? 다른 애들도 다 아빠 자식들이잖아요."

아빠는 나의 눈을 바라보며 생각지도 못한 말을 꺼냈다.

"네 눈에 늘 맺혀 있는 눈물을 보았기 때문이란다."

나는 마음속으로 흠칫 놀라며 물었다.

"눈물이 있는 게 이상한 거예요?"

"우리 닭들은 눈물샘이 없단다. 눈물샘이 없다는 것은 눈물이 나지 않는다는 뜻이지."

그렇다면 내가 정 많고 착한 병아리라 눈에 눈물이 맺히는 걸까? (실제로 닭은 눈물샘이 있으며, 눈물도 흘린다. 다만 그 양이 너무 적어 육안으로 확인하기 어려울 뿐이다.)

아빠가 말을 이었다.

"네 겉모습만 보면 홰를 치는 수탉이라고 할 수는 없지!"

주인 여자는 수평아리들 중에서 여덟 마리만 남겼다. 당연히 나는 그 수평아리들과 아무런 상관이 없었다. 어느 날 저녁, 수평아리 여덟 마리 중에서 두 마리가 사라졌다. 그 두 마리가 어디로 갔는지는 아무도 몰랐을뿐더러 관심조차 기울이지 않았다. 물론 그들은 어딘가 멀리 간 것이 아니라 바로 주인 남자의 밥상에 오른 것이었다.

아빠가 조용히 말했다.

"우리 수탉의 운명은 그런 거야. 사람들은 변함이 없지. 나는 그런 일을 수도 없이 지켜보았단다."

주인 남자는 고기를 다 먹고 난 뒤 이를 쑤시며 주인 여자

에게 물었다.

"당신, 병아리를 잘못 잡은 것은 아니겠지? 좋은 놈을 빨리 죽여서는 안 돼!"

주인 여자가 말했다.

"걱정 말아요. 내가 어디 한두 번 본 것도 아니고……. 내 눈은 틀림없어요!"

안개 끼는 날이 언제까지고 계속될 수는 없었다. 나도 언제까지 안개 속에 숨어서 생활할 수만은 없었다. 날이 갈수록 내 몸에서는 수탉의 특징이 뚜렷하게 드러났다.

나는 아침마다 홰를 치면서 우렁차게 울고 싶은 욕구를 누를 수가 없었다. 아빠가 한 가지 묘안을 생각해 냈다. 내 목이 간지러워지면, 아빠가 먼저 목을 빼서 크게 울음을 뽑아 내고 내가 그 뒤를 이어 우는 방법이었다. 그렇게 해서 나의 목소리를 아빠의 목소리와 섞이게 하는 것이었다. 아빠는 내 목이 시원해지면 그때서야 비로소 울음을 멈추었다.

내 몸에서 점점 수탉의 성징이 나타나고 있었다. 어느 날 새벽, 주인 여자가 모이를 주다가 말고 갑자기 큰 소리로 말했다.

"이거 수탉이네? 아이고, 암탉이 아니었구먼."

어둠 속에 있던 나는 깜짝 놀라 총총걸음으로 암평아리들

속으로 비집고 들어가 주인 여자의 눈초리를 피했다. 그날 내내 나는 주인 남자의 밥상을 상상하며 달달 떨었다. 접시에 놓여 있는 닭고기와 주인 부부가 뱉어 내는 닭 뼈다귀가 눈앞을 맴맴 돌았다.

하얀 깃털은 내가 수탉이라는 걸 알게 되자 일단 경계부터 하기 시작했다. 녀석은 늘 도발적인 눈빛으로 나를 바라보았다. 나는 한동안 녀석을 피해 다녔다. 녀석과 충돌하고 싶지 않았을뿐더러 왜 서로 시기하고 질투해야 하는지 이해할 수 없었다.

그러던 어느 날, 하얀 깃털을 피해 다니다 그만 아빠에게 들키고 말았다. 아빠는 나에게 주의를 주었다.

"더 이상 피해 다니지 말아라. 이제 현실을 마주해야 해. 살아남고 싶다면 진정한 수탉으로 거듭나도록 해라. 목을 움츠리지도 말고, 성대에 있는 근육을 축소시키지도 말고!"

내 눈에서 갑자기 눈물이 솟구쳤다. 아빠가 덧붙였다.

"게다가 네 눈에는 우리 토종닭들에게 있어서는 안 될 것이 있지 않느냐? 어서 닦아라!"

내가 머리를 한 번 털자 눈물이 풀밭으로 떨어졌다. 나는 아빠의 말을 따르기로 했다.

"그래, 그래야지!"

아빠는 고개를 끄덕이며 말했다.

나와 하얀 깃털 사이에 처음으로 피할 수 없는 다툼이 생겼다. 녀석이 괜한 트집을 잡아 싸움을 걸어 온 것이었다. 모든 수평아리들이 녀석과 마찰을 겪고 있었다. 싸울 때마다 하얀 깃털이 이겼다. 그래서 녀석은 언제나 우쭐대고 다녔다.

주위에 넓은 길이 있는데도 하얀 깃털은 굳이 내 앞으로 와서 비키라고 했다. 아빠가 저만치에서 이쪽에서 벌어지는 일을 지켜보고 있었다. 아빠는 나에게 눈으로 말하고 있었다. 그 눈빛을 보니 자신감이 생겼다. 아빠는 내가 당신의 의도를 알아차리지 못할까 봐, 하늘을 향해 목을 꼿꼿하게 세워 보여 주었다. 내가 아빠처럼 고개를 빳빳이 들고 똑바로 서 있기를 바란다는 뜻이었다.

나는 하얀 깃털에게 길을 내주지 않았다. 동시에 눈빛으로 반격했다. 하얀 깃털은 말이 필요 없다고 생각했는지 그대로 돌진해 오며 부리로 나를 쪼았다. 싸움이 시작되었다. 그러자 내 몸에 숨어 있던 수탉의 본성이 드러났다. 우리는 마당에서 싸우다가 닭장 위로 올라가 한바탕 맞붙었다. 그 다음에는 닭장에서 내려와 마당 밖에 있는 풀밭으로 가서 계속 싸웠다.

싸움은 치열했다. 하지만 아빠는 줄곧 침묵을 지켰다. 하얀 깃털이 독하게 마음먹고 나를 할퀸 탓에 상처 난 부위가 몹시 쓰라렸다. 그러나 나는 몸을 돌리지 않았다. 싸우다가 먼저 몸을 돌려 상대방에게 엉덩이를 보이면 그걸로 지는 것이라고 했던 아빠의 말이 생각났다.

나는 다시 한 번 마음속으로 다짐했다.

'몸을 돌려서는 안 돼.'

억지로 마음을 다잡았다. 그때 우리가 다칠 것을 염려한 주인 여자가 나타나 둘 사이를 갈라놓았다. 주인 여자는 나를 보고는 깜짝 놀랐다.

"야, 대단한데? 이 녀석, 하얀 깃털보다 더 용감하잖아. 하얀 깃털을 조금도 겁내지 않네!"

나는 아직 싸움의 여운이 가시지 않아 씩씩거리고 있었다. 뒤에서 나를 위로하는 아빠의 목소리가 들렸다.

"너에게 기회가 있겠구나."

나는 온몸의 통증을 참으며 말했다.

"저, 제법 쓸모가 있지요?"

"물론이지."

그제야 내 몸에 흐르는 피가 보였다. 그렇지만 생각보다 심각하지는 않은 듯했다.

다음 날 아침, 나는 다친 몸으로 닭장 지붕에 올라서 우렁차게 홰를 쳤다. 짜릿한 해방감이 온몸을 휘감았다. 비록 성숙한 소리는 아니었지만 끊임없이 오랫동안 계속되었다. 하얀 깃털도 닭장 위로 날아와 나와 목청을 견주려고 했다. 나는 녀석에게 질 수 없다고 생각했다.

주인 여자는 마당에 서서 만족스러운 표정으로 하얀 깃털과 나를 번갈아 바라보았다.

"오호, 두 마리 다 수탉으로 쓸 만한걸."

하지만 나는 머지않아 나와 하얀 깃털 중 한 마리만 남게 되리라는 것을 분명히 알고 있었다.

그날 아침, 나와 하얀 깃털은 목이 쉴 때까지 소리를 질렀다. 그야말로 필사적이었다. 우리 둘은 금속처럼 단단한 목청을 만들기 위해, 피를 토하는 고통을 견디며 연습에 연습을 거듭했다.

지붕 위의 옥수수

 나는 말썽을 피우기 시작했다. 솔직히 나만 사고뭉치인 것은 아니었다. 수탉 치고 말썽을 부리지 않는 녀석이 어디 있단 말인가. 누구든지 사고를 칠 때가 있는 법이다.
 암탉들은 대부분 얌전했지만, 수탉들은 모두 말썽꾸러기였다. 마당에 빨랫줄이 있었는데, 그것이 비어 있을 때면 수탉들은 그 위로 날아오르고 싶어 안달을 했다. 하지만 빨래가 널려 있을 땐 대부분 올라갈 엄두를 내지 않았다.
 그런데 나는 주인 여자가 빨래를 널어놓았을 때도 빨랫줄 위로 곧잘 날아 올라갔다. 그러고는 아무렇지도 않게 주인 남자의 옷에다 똥을 갈겼다. 주인 여자가 더러워진 옷을 보고 욕을 해 댔다.

"어떤 녀석이 옷에다 똥을 쌌어?"

나는 주인 여자가 왜 화났는지 잘 알고 있었다. 그러나 하얀 깃털은 그 말을 알아듣지 못하고 내게 물었다.

"주인 여자가 뭐라고 소리 지르는 거지?"

나는 고약하게도 하얀 깃털에게 이렇게 말했다.

"똥을 쌌다고 칭찬하는 거야. 옷에다 똥을 싸면 꽃이 핀 것처럼 예쁘니까, 꽃무늬가 생겼다고 좋아하는 거지."

그러자 하얀 깃털은 기뻐하며 소리쳤다.

"다음에는 내가 옷에다 똥을 싸 주겠어. 내 똥이 네 것보다 훨씬 멋질 거야."

하얀 깃털은 주인 여자가 옷을 널 때 바로 눈앞에서 빨랫줄로 날아 올라갔다. 나는 녀석의 생각을 다 읽고 있었다. 녀석은 주인 여자에게 잘 보이고 싶었던 것이다. 그러나 잘못된 생각이었다. 녀석이 똥을 찔끔 싸기가 무섭게 주인 여자가 몽둥이를 휘둘렀다. 몽둥이가 얼마나 매서웠는지 하얀 깃털은 사흘 동안 목을 움츠리고 다녔다.

사흘 뒤, 아직도 뭐가 뭔지 모르겠다는 표정으로 하얀 깃털이 내게 물었다.

"내가 옷에다 힘들게 똥을 싸서 꽃무늬를 만들어 주었는데 주인 여자는 왜 몽둥이로 나를 때린 거지?"

"아무 때나 싸면 안 돼! 똥을 싸려면 주인 여자의 기분을 잘 관찰해야 해. 기분이 나쁠 때는 네가 아무리 예쁘게 싸 주어도 좋아하지 않거든."

하얀 깃털은 멍한 표정으로 그 자리를 떠났다. 나는 속으로 쌤통이라고 생각했다. 그러게, 평소에 먹을 것만 밝히지 말고 외국어 공부도 좀 하지. 녀석이 만약 사람의 말을 공부했더라면 주인 여자에게 쓸데없이 몽둥이찜질을 당하는 일은 없었을 텐데.

어느 날 나는 주인집 지붕 위에 널려 있는 옥수수를 보았다. 옥수수는 황금색으로 밝게 빛나고 있었다. 옥수수를 보려면 높은 곳에 올라서야 했다. 우리는 볏단 위로 올라가 지붕 위의 옥수수를 바라보며 흥분하곤 했다. 그러나 볏단에서 내려와 옥수수가 시야에서 사라지는 순간 기억에서도 말끔히 지워지고 말았다.

하지만 나의 기억력은 쓸 만해서 황금빛 옥수수를 잊을 수가 없었다. 나는 지붕 위로 가지를 뻗은 나무를 골라 그리로 날아올랐다. 그러고는 나뭇가지를 이용해 지붕으로 건너간 다음 그 위에 널려 있는 옥수수를 배불리 먹었다. 배가 터질 정도로 부르자 마당에 있는 친구들이 생각났다. 그래서 그들을 기쁘게 해 주려고 발톱으로 옥수수를 한 알 한 알 뜯어내 마당

으로 떨어뜨렸다. 마당은 금세 아수라장이 되었다. 닭들이 벌 떼처럼 몰려들어 옥수수를 주워 먹었다.

그때 내가 미처 생각하지 못했던 중요한 사실은 지붕 위에 널어놓은 옥수수가 종자였다는 것이다. 주인 여자는 내가 지붕 위에서 옥수수를 정신없이 떨어뜨리는 것을 보고 화가 나서 펄쩍펄쩍 뛰며 욕을 퍼부었다. 급기야 돌멩이를 집어 지붕 위로 던지며 나를 맞히려고 했다. 나는 잽싸게 몸을 움직여 돌을 피했다. 그러고는 지붕에서 내려오기 전, 한 번 더 친구들에게 옥수수를 떨어뜨려 주었다.

나는 그렇게 일이 다 끝난 줄 알았다. 그런데 그날 밤 어떤 소리가 날 깨웠다. 잠시 후 닭장 속으로 손이 쑥 들어오더니 내 목덜미를 낚아챘다. 주인 여자였다. 나는 주인 여자가 무슨 짓을 하려는지 몰라 눈을 동그랗게 뜬 채 목을 쭉 뺐다. 주인 여자는 내 목을 잡은 손에 더욱 힘을 주었다. 숨을 쉴 수가 없었다. 주인 여자의 다른 손에는 칼이 들려 있었다. 그 칼을 보는 순간 나는 멍해지고 말았다. 나를 이렇게 빨리 없애려나.

나는 눈을 감고 얼른 아빠에게 작별 인사를 했다. 다른 가족들에게는 인사할 시간조차 없었다. 주인 여자는 나를 바닥에 내려놓고 쭈그려 앉았다. 이어 쓱쓱 칼 가는 소리가 들려왔다. 나는 고통스럽지 않게 얼른 죽여 주기만을 바랐다.

그렇지만 나는 죽지 않았다. 주인 여자는 나를 다시 닭장 속에 집어넣었다. 나는 내 몸을 내려다보며 울 수도 웃을 수도 없었다. 목숨은 건졌지만 더 이상 지붕 위로 날아오르지 못하게 되었다. 주인 여자가 내 날개의 3분의 1을 잘라 버린 것이었다.

나는 결국 울음을 터트렸다. 이런 일을 당하고 어느 누가 멀쩡하게 있겠는가? 더구나 나는 수탉이 아닌가? 수탉에게 날개는 날개 이상의 의미였다. 그것은 강인한 힘, 높은 자존심, 훌륭한 자립을 상징했다. 이리저리 날아다니며 세상 무서울 것 없는 천하무적 토종닭임을 보여 주는 왕관과도 같은 것이었다. 날개 없이 앞으로 어떻게 지낼 것인가? 더러운 우리 안에 누워 있는 뚱뚱한 돼지와 무엇이 다르단 말인가?

날이 밝자마자 나는 제일 먼저 아빠를 찾아가 다시는 날지 못하게 된 사실을 알렸다. 내 말을 다 듣고 난 아빠는 어이없게도 웃음을 터트렸다.

"이게 웃겨요?"

"그럼, 웃기지."

나는 화가 나서 미칠 지경이었다.

"뭐가 웃기는데요?"

아빠가 웃음을 머금고 말했다.

"내가 어렸을 때도 주인 여자에게 날개를 잘렸지. 그런데 그거, 다시 자라나."

그 말을 듣자 나도 모르게 한숨이 새어 나왔다. 이어서 아빠는 더 기분 좋은 말을 들려 주었다.

"정말 기쁘구나. 어제 네가 한 행동은 퍽 자랑스러웠단다. 너 혼자만 먹지 않고 친구들까지 배부르게 해 주었잖니? 그건 네가 이기적인 병아리가 아니라는 뜻이야."

나는 활짝 웃었다. 그리고 아빠 앞에서 3분의 1이 댕강 잘려 나간 날개를 활짝 펴고 몇 바퀴 돌았다.

나는 날개가 다시 자라기를 기다리기로 했다. 앞으로 해야 할 일이 아직도 많이 남아 있으니까.

아빠는 앞장서고 나는 뒤따르고

나는 아빠의 행동을 그대로 따라 하기 시작했다. 다시 말해, 내 일생에서 가장 의미 있는 모방 단계에 접어든 것이었다.

아빠의 걸음걸이는 매우 중후했다. 한 자리에 멈춰 서서 뒤를 돌아볼 때면, 머리만 천천히 돌릴 뿐 몸은 미동도 하지 않았다. 그 모습은 신이 아닐까 싶을 정도로 굉장히 멋지고 든든했다. 나는 아빠의 그런 기품을 닮고 싶었다.

나는 수시로 높은 곳으로 날아올라 주변을 둘러보곤 했다.

아빠가 말했다.

"우두머리 수탉은 평지에서도 멀리까지 내다볼 수 있어야 한단다."

나는 아빠의 말을 믿을 수 없었다.

"어떻게 그럴 수 있죠?"

"할 수 있단다."

말을 마친 아빠의 얼굴에 신비하고 오묘한 빛이 흘렀다. 아빠는 앞에서 걷고, 나는 조용히 그 뒤를 따랐다. 아빠가 고개를 돌리지 않으면 나도 돌리지 않았다. 아빠가 고개를 들어 하늘을 보면, 나도 고개를 들어 하늘을 보았다.

아빠가 웃으며 말했다.

"겉으로 드러나는 것을 배우는 걸로는 부족해."

간단한 말이었지만, 이해하기는 어려웠다. 나는 겸연쩍은 얼굴로 말했다.

"수평아리 노릇이 쉽지 않네요."

"그럴까? 좋은 수탉이 되는 것은 어렵지만 양질의 고기닭이 되는 것은 아주 쉽단다. 하루 종일 먹고 자기만 하면 되거든. 뭔가 배울 필요 없이, 체중이 이 킬로그램만 되면 주인 밥상에 오르는 요리가 되기에 충분하지. 네가 세상에 나온 사명을 다한 거란 말이다. 얼마나 쉬우냐!"

아빠는 생각조차 하기 싫은 끔찍한 일을 아무렇지도 않은 듯 담담하게 들려주었다. 순간 한 줄기 서늘한 기운이 등골을 훑어내렸다. 발톱이 오그라들어 배 밑으로 파고들 지경이었다.

아빠가 다시 말했다.

"겁먹었구나? 별로 겁주지도 않았는데……. 그러고 보면 너는 참 특별한 데가 있단다. 보통 수평아리들과 달라. 네가 겁이 많은 것은 아마 생각을 너무 많이 하기 때문일 거다. 다른 닭들은 아무 걱정도 없을뿐더러 내 이야기 따위에 귀를 기울이지도 않아. 내가 그런 말을 해도 아무 반응이 없단다. 그런데 너는 언제나 민감하게 반응하는구나."

아빠의 다정한 말은 나의 긴장을 따뜻하게 녹여 주었다. 나는 배 밑까지 기어 들어간 발톱을 풀며 아빠에게 물었다.

"아빠 말씀대로 저는 늘 이런 저런 생각이 많아요. 그건 좋은 게 아닌가요?"

"그건 우리가 토론할 문제가 아니란다. 사람들이나 그런 화제에 흥미를 갖지. 그들은 자신들과 동떨어진 문제를 놓고 토론하는 것을 좋아해."

"그럼 아빠, 우리와 가장 가까운 문제는 무엇인가요?"

"생존."

아빠가 말했다. 그리고는 고개를 돌려 저만치에 모여 있는 암탉들을 바라보았다.

"나는 저들을 둘러보러 가야 한다. 가족들을 보호하는 것, 그게 바로 내가 해야 할 일이지. 너, 허튼 생각에 너무 깊이 빠지지 말거라."

아빠가 충고했지만 내 머릿속은 금세 '허튼 생각'으로 꽉 차 버렸다. 그러다 나도 모르게 하얀 깃털의 곁으로 다가가 있었다. 방금 아빠와 나눈 심각한 문제를 하얀 깃털과 토론해 보고 싶었다. 내가 '생존'이라는 두 음절을 입 밖에 내자, 언제나 그렇듯 하얀 깃털의 얼굴에 천박한 표정이 나타났다.

"너, 지금 무슨 헛소릴 하는 거야? 뭐가 가장 멀리 있고 뭐가 가장 가까이 있다는 거야? 그걸 몰라서 물어? 그런 걸 갖고 뭘 토론까지 해? 정 모르겠다면 내가 이야기해 주지. 가까이 있는 것은 먹는 거고, 멀리 있는 건 저 암평아리들이야. 알겠어? 앞으로 모르는 게 있으면 나한테 물어봐."

나는 몸을 휙 돌려 다른 데로 걸어갔다. 하얀 깃털과는 한마디도 나누고 싶지 않았다. 하지만 녀석의 생각은 그렇지 않은 듯했다. 금세 나를 뒤쫓아 오며 따졌다.

"거기 서! 어딜 가려고? 하루 종일 헛소리만 삑삑 해 대고

는 제멋대로 가 버리다니. 나는 아직 안 끝났다고!"

"너, 이름을 바꾸지 그래?"

하얀 깃털은 눈을 똥그랗게 뜨고 목의 털을 바짝 곤두세우며 물었다.

"뭐? 이름을 바꾸라고?"

"뒷부분만 바꾸면 돼."

"뭐로?"

"이제부턴 하얀 바보라고 하는 게 어때?"

"하얀 바보?"

하얀 깃털은 잠시 생각에 잠기는 듯했으나, 그 이름이 좋은지 나쁜지 판단을 내리지 못했다.

"너, 솔직히 말해. 그 이름, 나쁜 뜻이지? 설명해 봐! 무슨 뜻이야?"

나는 멈춰 서서 한 마디를 더했다.

"한 글자 더 보태 줄게. 하얀 큰 바보!"

하얀 깃털은 '큰' 자가 들어가자 좋은 이름이라고 생각했는지 금방 고개를 끄덕였다.

"'큰' 자를 더하니 듣기 좋군. 하얀 큰 바보라……, 훨씬 부드러워진 것 같은데."

나는 하얀 깃털의 허영심을 완벽하게 만족시켜 주기로 마음먹고 두 글자를 더했다.

"슈퍼 하얀 큰 바보!"

녀석은 몹시 기뻐하면서 나에게 말했다.

"와, 네가 이름을 다 지을 줄 알다니……. 대단한걸!"

나는 하얀 깃털과 마음 편히 대화하는 것은 이번이 마지막이라고 생각했다. 우리 둘 사이의 진정한 교류는 두 번 다시 없을 것이다. 이제 나와 하얀 깃털 사이에는 날카로운 대립만이 남아 있을 뿐이었다.

어느 날 저녁, 나는 아빠를 찾아가 마음속에 오랫동안 묻어 두었던 문제를 물어보았다.

"우리 토종닭들은 왜 서로 피를 흘리며 싸워야 하죠?"

아빠의 대답이 비수가 되어 가슴에 꽂혔다.

"누구도 피를 비켜 갈 수 없으니까."

닭의 귀족, 서양 닭

만물이 다시 살아나는 봄날, 마당에 철사로 만든 커다란 새장이 하나 생겼다. 주인 남자가 많은 시간과 노력을 들여 완성한 것이었다. 아빠는 틀림없이 그것이 동물 사육에 쓰일 거라고 말했다. 다른 닭들은 그 옆을 지나칠 때마다 이렇게 좋은 새장에 들어와서 살 귀한 동물이 도대체 누구일지 궁금해했다.

아빠 역시 우리와 마찬가지로 추측만 하고 있을 뿐이었다.

"큰 새가 아닐까? 어쨌든 아주 중요한 동물일 거야."

그러고 나서 사흘째 되던 날, 주인 남자는 마당에 방치되어 있던 아름다운 새장에 들일 중요한 손님을 데리고 왔다. 그 손님은 종이 상자 안에 들어 있었다. 상자에는 그 안의 동물이 숨을 쉴 수 있도록 군데군데 구멍이 뚫려 있었다. 크고 작은 닭들은 상자를 겹겹이 둘러싸고 안에 무엇이 들어 있는지 보려고 기웃거렸다.

주인 남자는 종이 상자를 마당으로 옮겨 놓더니, 미간을 찌푸리며 닭들을 뒤로 밀어 물러나게 했다. 하얀 깃털은 주인 남자의 말을 못 알아듣고 그 자리에서 머뭇거리다가 결국 발에 차이고 말았다. 주인 여자도 우리를 발로 쫓아냈다.

주인 남자는 곧 종이 상자를 열었다. 거기서 꺼낸 것은 깃털이 눈처럼 하얀 닭 한 쌍이었다. 잠시 뒤 주인이 그 닭들을 새장 안에 집어넣었다.

아빠가 말했다.

"저것이야말로 진정한 서양 닭이란다. 순수 외국 혈통이지!"

"우리와 그렇게 달라요? 피부색만 좀 달라 보이는데요."

"완전히 다르다고 할 수 있어. 알 크기부터 달라. 얼마나 크다고! 어미 닭은 대개 매일 한 개씩 알을 낳는데, 어떤 때는 아침에 하나, 저

닭의 귀족, 서양 닭 77

녁에 하나, 이렇게 하루에 두 개를 낳기도 한단다!"

나는 믿을 수가 없었다.

"도대체 어떤 궁둥이와 뱃가죽이기에 하루에 두 개씩이나 알을 낳는단 말이에요?"

그때 주인 여자가 정성껏 준비한 모이를 새장 안에 넣어 준 다음, 조그만 그릇에 물까지 담아 주었다. 먹을 것과 마실 것을 챙겨 준 뒤, 주인 여자는 서양 닭을 칭찬하기 시작했다.

"아이고, 얘네 좀 봐요. 서양 닭은 어쩌면 이렇게 예쁠까! 위엄 있는 수탉에다 풍만한 궁둥이를 가진 씨암탉이라니!"

주인 남자도 입에 침이 마르게 칭찬을 했다.

"정말 멋지군. 독일 닭은 보고만 있어도 마음이 흐뭇해진다니까!"

주인 내외의 말을 듣고, 나는 그 종자 닭 두 마리가 독일에서 왔다는 사실을 알았다. 그들의 깃털은 눈처럼 희었지만 눈동자는 회색이었다. 회색 눈동자는 어느 각도에서 봐도 음흉하게 느껴졌다. 우리 토종닭들은 눈동자가 모두 까매서 그런지 또렷또렷하고 맑기 그지없는데…….

우리는 철사 새장 주위로 몰려들어 독일 종자 닭의 일거수 일투족을 지켜보았다. 서양 닭이 몰고 온 신선한 바람을 마주한 아빠는 현실을 담담하게 받아들이기로 마음먹은 모양이었다. 태양이 떠오를 때 볏단 위로 올라가서는 석양이 질 때까지 하염없이 서 있었다.

다음 날, 나는 독일 종자 닭 한 쌍의 중요한 사명을 알게 되었다. 알을 많이 낳아서 얼른 부화시킨 뒤 독일 병아리를 키워 내는 것이었다.

그렇게 되면 머지않아 이 작은 마당에 토종닭과 서양 닭이 온통 뒤섞여 혼잡을 이룰 것이었다. 그런 상상을 하니 너무나

우스웠다. 나는 터져 나오려는 웃음을 간신히 참았다.

하얀 깃털은 독일 종자 닭을 동경하며 그들의 생활을 부러워했다. 머리끝에서 발끝까지 하얀 독일 종자 닭과 달리, 그저 목 둘레에 하얀 띠가 둘러져 있을 뿐인 자신을 순수하지 못하다며 한스러워했다. 심지어 자신은 목 둘레에 흰 깃털을 이식받은 식물인 것 같다고도 했다.

하얀 깃털은 자신의 출신을 한심하고 비참하게 여기는 것이 틀림없었다. 아빠가 녀석을 싫어하는 것도 다 이런 이유에서였다.

독일 종자 닭들이 온 뒤에도 아빠는 전과 다름없이 생활했다. 여전히 새벽에 홰를 치며 우렁찬 울음을 뽑아 올렸고, 간단하게 아침을 먹고 난 다음에는 닭들을 데리고 풀밭으로 나가 먹이를 찾도록 했다. 아빠는 어떤 일이 있어도 책임과 의무를 잊지 않았다.

독일 수탉도 새벽에 울음소리를 냈다. 다만 아빠보다 한 시간 늦게 울었다. 그건 서양 닭이 토종닭에 비해 한 시간 늦게 일어나기 때문이라고 아빠가 설명해 주었다.

태양이 높이 솟아오르면, 독일 수탉은 그제서야 울기 위해 목소리를 가다듬기 시작했다. 독일 수탉의 목소리는 듣기 거북할 정도로 괴상해서 저절로 웃음이 났다.

내가 아빠에게 물었다.

"서양 닭 목소리는 왜 저렇게 이상해요?"

"외국에 살다 와서 그렇단다. 계속 듣다 보면 괜찮아."

나는 독일 수탉이 우는 소리를 나만 이상하게 여긴다고 생각했는데, 다른 닭들도 이상한 소리라고 투덜거리며 불편해했다. 독일 수탉이 소리를 내면 마당에 있던 닭들이 약속이나 한 듯이 술렁거렸다. 그들은 머리를 들고 독일 수탉의 소리가 사라지기를 기다렸다가, 그 다음에야 비로소 마음의 평정을 되찾아 하던 일을 계속했다.

주인 여자는 거의 날마다 철사 새장 주위를 맴돌며 독일 닭 한 쌍을 탐욕스런 눈길로 바라보곤 했다.

아빠가 나에게 말했다.

"주인 여자의 눈을 잘 보아라. 저 눈은 독일 닭의 안부를 걱정하는 게 아니야. 그저 종자 닭의 엉덩이를 살피는 것이지!"

나는 아빠의 관점이 예리

하다고 느꼈다.

주인 여자는 새장 안에서 조그만 그릇을 꺼내 그 안에 담긴 물을 밖에다 쏟고는 다시 깨끗한 물로 갈아 주었다. 독일 종자 닭은 깔끔해서, 물에 불순물이 조금만 들어 있어도 먹지 않는다고 했다.

독일 종자 닭이 온 뒤로 주인 여자는 우리 토종닭들에 대한 관심이 부쩍 떨어져 무척 소홀히 대했다. 물 그릇이 바짝 말라붙어도 물을 부어 주지 않았기 때문에, 우리는 풀밭 옆 도랑에서 목을 축여야 했다. 사실 물을 부어 준다 해도 그릇에 금이 가 있어서 금세 새어 버렸다. 우리는 물 문제를 스스로 해결해 나갔다.

그러던 어느 날, 주인 여자가 울부짖는 소리가 들렸다. 깜짝 놀라서 소리가 나는 쪽을 바라보니, 주인 여자가 마당에 두 다리를 쭉 뻗고 어린아이처럼 큰 소리로 울고 있었다.

"아이고, 어쩌면 좋아! 나는 왜 이렇게 하는 일마다 재수가 없는 거야? 얼마나 큰돈을 들여서 산 건데!"

우리는 철사 새장 가까이로 급히 다가가 안을 들여다보았다. 독일 종자 닭 두 마리가 커다란 회색 눈을 뒤집은 채 죽어 있었다. 동네 사람들이 와서 보고는, 외국에서 왔기 때문에 물과 흙이 안 맞았거나 병에 걸려 죽었을 거라고 말했다.

하얀 깃털은 아무 말 없이 뻣뻣하게 서 있었다. 나는 녀석이 이럴 때 무슨 생각을 하는지 궁금했다. 하얀 깃털은 귀족처럼 생활하던 독일 종자 닭들을 얼마나 부러워했던가. 그런데 그토록 동경해 마지않던 그들이 연기처럼 사라져 버리고 말았다.

아빠는 예나 지금이나 똑같이 생활했다. 새벽녘이면 어김없이 높은 볏단 위에 올라서서 목청껏 울음소리를 내었다. 그리고 나선 암탉들을 데리고 풀밭으로 가 먹이를 찾게 했다. 마치 아무 일도 없었던 듯이 엄숙하고 경건하게 가족들을 돌보았다.

한차례 큰비가 내리고 난 뒤, 마당에 놓아둔 철사 새장에 녹이 슬었다. 나는 텅 빈 새장을 물끄러미 바라보았다. 그 안에는 물 그릇이 아직 그대로 놓여 있었다. 마치 한바탕 떠들썩한 꿈을 꾼 듯이······.

어쨌거나, 이 작은 마당에서 우리 토종닭들은 서양 귀족을 만났다. 조금 아쉬운 점이 있다면 그들의 수명이 너무 짧았다는 것뿐.

아빠에게도 위기는 있다

 아빠와 이웃집 얼룩무늬 수탉의 두 번째 결투는 양쪽 집 주인이 집을 비운 사이에 벌어졌다. 너무나 갑작스럽게 일어난 싸움이라 누구도 예상하지 못했다.
 그날 아빠는 가족을 이끌고 풀밭 위에서 한가롭게 햇볕을 쪼이고 있었다. 이웃집 얼룩무늬 수탉이 두 집 사이에 쳐진 울타리 위에 올라서서 아빠를 노려보았다. 얼룩무늬 수탉은 아빠를 볼 때마다 불안해 하며 금방이라도 달려들 듯 안절부절못했다.
 그런데 아빠가 자기를 보고도 짐짓 모른 척하며 느긋하게 풀밭을 거닐자, 화가 나서 울타리가 흔들릴 정도로 몸을 부들부들 떨었다. 결국 얼룩무늬 수탉은 분노를 누르지 못하고 머리에 핏대를 세우며 무섭게 달려들었다.

　커다란 수탉 두 마리가 눈이 벌게진 채 맞붙어 격렬하게 싸우기 시작했다. 둘 다 입에 피가 홍건했으며, 날카로운 발톱에 서로의 살점이 뜯겨 나갔다. 몇 분 뒤, 아빠의 붉은 깃털과 얼룩무늬 수탉의 깃털이 땅바닥에 수북이 쌓였다. 풀잎 위 여기저기에 핏자국도 보였다. 누구의 피인지는 구별할 수가 없었다.

　언젠가 한 번은 터질 싸움이었다. 결투를 지켜보는 우리는 온몸의 털이 곤두설 정도로 바짝바짝 애가 탔다. 나는 눈앞이 어지러웠다. 너무나 불안한 나머지 호흡이 점점 빨라지더니 급기야 진땀이 다 났다.

　그러다 언뜻 고개를 돌려 보니 가짜 양키 이모가 한창 싸움 중인 두 수탉 앞에 서 있었다. 이모도 수탉들 못지않게 흥분한 것 같았다. 두 눈을 이리저리 굴리다가 자기도 모르게 외마디 비명을 지르곤 했다. 그러다가 어느새 두 수탉을 응원하기 시작했다.

　이모가 어느 쪽을 응원하고 있는지는 알 수 없었다. 아니, 단순히 암탉 입장에서 두 수탉이 치열하게 싸우는 모습을 즐기고 있는지도 몰랐다. 내가 보기에 아빠와 얼룩무늬 수탉의 실력은 막상막하였다. 누가 지고 누가 이길지 아무도 알지 못

했다. 이모가 두 수탉을 향해 내지른 소리의 정체는 이제 막 세상에 첫걸음을 내딛는 나 같은 수평아리에겐 그야말로 알쏭달쏭한 수수께끼나 다름없었다.

 나는 얼룩무늬 수탉의 눈에서 점점 힘이 빠지는 것을 보았다. 얼룩무늬 수탉은 한 걸음 뒤로 물러나더니 아빠의 공격을 슬슬 피하기 시작했다. 이와는 대조적으로 아빠는 갈수록 힘이 솟는 듯 기선을 제압해 나갔다. 얼룩무늬 수탉은 계속 뒷걸음질치며 삼 미터쯤 간격을 벌려 놓더니, 갑자기 몸을 돌려 날개를 퍼덕거리며 잽싸게 자기 집 울타리 위로 날아갔다. 그것은 분명 도피였다. 아빠는 얼룩무늬 수탉이 자기네 집 마당으로 뛰어내리려는 걸 알고 온 힘을 다해 울타리 위로 날아올랐다.

얼룩무늬 수탉의 몰골은 말이 아니었다. 놀라서 허둥대는 것은 물론 꾸르륵거리는 괴상한 소리까지 냈다. 자기 집 울타리에 올라서면 아빠가 더 이상 쫓아오지 못할 거라고 생각했는데, 아빠가 거기까지 재빠르게 추격해 온 것이었다.

아빠는 그곳이 상대방 영역이든 말든, 둘 중 하나의 목숨이 끊어질 때까지 필사적으로 싸울 요량이었다. 얼룩무늬 수탉이 날개를 접고 자기 집 마당으로 내빼려는 순간, 공중에서 아빠가 얼룩무늬 수탉의 몸을 낚아챘다. 둘은 동시에 마당으로 떨어졌다. 눈이 벌겋게 충혈된 두 마리 수탉이 마당에서 격렬하게 또 한판 붙었다.

마당에 있던 닭들이 놀라서 사방으로 흩어졌다. 요란한 싸움 소리를 듣고 방에서 자고 있던 이웃집 주인 남자가 깜짝 놀라 창문을 열었다. 그러고는 맨발로 뛰어나왔다. 얼룩무늬 수탉은 자기 주인을 보자 별안간 힘이 솟는 듯 반격을 시도했다. 목소리에도 다시 힘이 실렸다.

아빠는 이웃집 주인 남자의 위협을 미처 눈치 채지 못했다. 그저 적진에서 멋진 승부를 벌여 적의 굴복을 받아 낼 생각뿐이었다. 나는 울타리 사이로 이웃집 마당을 지켜보고 있다가,

이웃집 남자가 몽둥이를 들고 아빠를 내리치려는 모습을 보고 깜짝 놀라 비명을 질렀다.

나는 아빠에게 소리를 질러 주의를 주었다. 아빠의 상황이 매우 불리해졌으므로 그곳에서 얼른 빠져나오는 것이 상책이라고 판단했던 것이다. 지금은 의미 있는 결투를 생각할 때가 아니었다.

그런데 아빠는 내 소리를 듣지 못했다. 다시 소리치려는 순간, 이웃집 남자의 손에 들린 몽둥이가 바람을 가르며 아빠를 향해 떨어졌다. 나는 너무나 놀란 나머지 입만 떡 벌리고 있었다.

나는 눈을 질끈 감았다. 다시 눈을 떠 보니 이웃집 남자가

몽둥이를 마구 휘두르고 있었다. 다행히 그 순간 위험을 감지한 아빠는 재빨리 날개를 펴고 두 발을 힘껏 차올렸다. 그러나 그런 필사적인 노력에도 불구하고 왼쪽 다리를 몽둥이에 맞고 말았다.

잠시 후 아빠가 외마디 비명을 지르며 땅으로 떨어졌다. 그러고는 고통스런 표정으로 상처 입은 다리를 끌어안았다. 하지만 곧 다시 힘껏 날아올라 높은 울타리를 넘은 다음 우리 마당 안으로 떨어졌다. 가까스로 사지(死地)에서 벗어난 것이었다.

결국 아빠는 왼쪽 다리가 부러지고 말았다. 우리 주인 남자가 돌아왔을 때는 혈투가 끝나고도 삼십 분이나 지난 뒤였다. 주인 남자는 아빠의 상처를 살펴보더니 화가 치밀어 이웃집 남자에게 따지러 갔다.

이웃집 마당에서 두 남자의 다툼이 시작되었다. 한 치의 양보도 없이 상소리를 주고받으며 말다툼을 하더니 급기야 서로의 멱살을 부여잡았다. 두 집의 주인 여자들도 소식을 듣고 달려나가 한두 마디 욕을 주고받더니, 나중에는 서로 머리채를 쥐고 흔들며 무섭게 싸우기 시작했다. 수탉들의 싸움이 결국 사람들의 싸움으로 번진 것이었다.

나는 울음을 터트리며 절망에 찬 심정으로 아빠에게 다가

갔다.

"아빠, 다리가 부러졌어요. 많이 아프죠?"

아빠가 말했다.

"울지 마라."

두 집 부부의 싸움이 커지자 마을 사람들이 모두 놀라 밖으로 뛰쳐나왔다. 사람들은 이웃집 마당에서 뒤엉켜 싸우고 있는 두 부부를 간신히 떼어 놓았다.

주인 남자의 코에서는 피가 흘렀으며, 얼굴에는 두 군데나 멍이 들었다. 주인 여자는 딱히 상처 난 데는 없었지만, 자기 머리를 움켜쥔 채 탄식을 내뱉었다. 이웃집 여자는 주인 여자의 머리카락을 한 움큼 쥔 채 씩씩거리고 있었다.

주인 남자는 부상을 입어 고통스러워하면서도 얼굴에 보일 듯 말 듯한 미소를 짓고 있었다. 나는 주인 남자의 미소를 보면서, 아빠가 싸움에서 이겨 주인이 기뻐하고 있다는 걸 알았다. 주인은 졌지만 수탉은 승리를 했으니, 결과는 일 대 일 무승부인 셈이었다.

주인 남자는 코피를 손으로 쓱 닦더니 아빠를 안아 다리를 어루만지며 말했다.

"다리가 부러졌구나. 정말 부러졌어. 이걸 어떡하면 좋아!"

주인 남자의 행동을 보니 마음이 아팠다. 나는 주인 남자가 아빠의 다리를 고쳐 주기를 바랐다. 이대로는 앞날이 너무 막막했다. 토종닭 우두머리의 다리가 부러졌으니, 앞으로 남은 긴 세월을 어떻게 잘 지낼 수 있겠는가? 그러나 정작 아빠는 부러진 다리를 조금도 개의치 않았다.

투토가 큰 소리로 주인 남자에게 말했다.

"아빠, 부러진 다리를 고쳐 주세요! 절름발이가 되는 꼴은 못 보겠어요!"

토자우가 붉은 헝겊을 가져와 아빠의 부러진 다리에 동여맸다. 주인 남자는 토자우의 솜씨가 못 미더운 듯 이렇게 말했다.

"그렇게 감싸도 붙지는 않을 거야. 완전히 부러져 버렸잖아. 어이구, 겨우 힘줄 하나만 붙어 있네."

투토가 말했다.

"힘줄이 반만 붙어 있어도 부러진 다리를 붙일 수 있어요."

주인집 가족들이 아빠 주변으로 모여들었다. 그 순간 나는 감격했다. 수탉인 아빠가 사람들 세계에서 비장한 주인공이 되었으니까.

처음 며칠 동안 아빠는 한 발로 걸었다. 부러진 발을 끌면서도 여전히 새벽에 홰를 치고 울음을 우는 아빠의 모습에 우리는 물론 주인 내외도 깊이 감동을 하였다.

어느 날 주인 남자는 아빠 다리에 감았던 붉은 헝겊을 풀고 상처를 살펴보았다. 헝겊으로 감아 놓은 것은 별 효과가 없었다. 주인 남자는 그 길로 자전거를 타고 시장에 가서 약을 사다가 아빠 다리에 바른 뒤 다시 헝겊으로 친친 동여매 주었다. 나는 주인 남자가 사 온 약이 아빠의 부러진 다리를 낫게 해 주기를 간절히 빌었다.

그날 밤, 주인집에는 늦게까지 불이 켜져 있었다. 주인 내외는 잠이 오지 않았는지 마당으로 나와 얘기를 나누었다. 그들의 화제는 아빠의 부러진 다리였다. 닭장 안에 있는 나 역시 잠을 이룰 수가 없었다. 주인 내외의 말소리가 똑똑히 들려왔다.

주인 여자가 말했다.

"아무래도 수탉의 다리가 나을 것 같지 않아요. 그러니 얼른 수평아리를 한 마리 골라 놓아야겠어요."

이어서 한숨을 쉬며 덧붙였다.

"수평아리가 저렇게 어린데 언제 크나? 올 가을쯤이나

되어야 쓸모가 있겠지."

주인 남자가 말했다.

"우리 이 수탉을 잘 보살핍시다. 아직 희망이 있어."

이튿날, 주인 여자는 수평아리들에게 먹이를 두 배로 주었다. 나는 주인 여자의 생각을 정확히 읽을 수 있었다. 우리가 빨리 자라서 누군가 아빠 역할을 대신해 주기를 기대하는 것이리라.

나는 마음이 착잡해져서 입맛을 잃고 말았다. 그러나 하얀 깃털은 왕성한 식욕을 뽐내며 끼니마다 배가 터지도록 먹었다. 눈을 이리저리 굴리며, 다른 닭들보다 더 많이 먹으려고 안달을 했다. 땅 위에 흩어진 것까지 다 먹어 치운 뒤에야 비로소 고개를 들고 나에게 말했다.

"너, 바보니? 이건 쌀밥 알갱이야! 너는 쌀밥 알갱이도 챙겨 먹을 줄 몰라?"

나는 아무런 대꾸를 하지 않은 채 볏단 옆에 서 있는 아빠를 바라보았다. 아빠는 고개를 들고 볏단 꼭대기를 뚫어지게 쳐다보고 있었다. 부러진 다리로는 그 높은 곳까지 올라갈 수 없기에 몹시 착잡한 기분인 게 틀림없었다.

나는 소리 높여 아빠를 불렀다. 높은 곳에 오를 생각 따위는 접기를 바라면서. 뭐니 뭐니 해도 지금은 잘 먹고 건강을

회복하는 것이 우선이니까. 아빠는 내 눈을 보고 나의 뜻을 알아차린 것 같았지만 내 곁으로 오지 않고 펄쩍 뛰어 볏단 뒤로 모습을 감췄다. 내가 걱정하는 것을 원치 않는 듯했다.

나는 마당을 가로질러 볏단 뒤로 돌아가 아빠를 찾아냈다.

"왜 여기 숨어 계세요?"

"상관하지 마라. 너 자신이나 돌봐."

"아빠, 견디기 힘들다는 거 알아요."

"나는 괜찮다. 정말이야, 아주 좋아. 다리는 부러졌지만 뭐, 대단한 건 아냐. 잘 지낼 수 있단다. 내 걱정은 하지 마라."

"아빠, 우셨어요?"

"내가 말했지, 닭은 울지 않는다고. 우리가 할 수 있는 건 참는 것뿐이야. 인간들은 슬프면 울 수 있지만, 우리 닭들은 먹지 않고 마시지 않는 것이 슬프다는 표현이란다."

며칠 후, 주인 남자는 아빠 다리에 묶어 두었던 붉은 헝겊을 풀었다. 그는 아빠의 부러진 다리를 유심히 살피더니 감탄 어린 목소리로 말했다.

"와, 이런! 믿을 수가 없네."

아빠의 다리는 더 이상 두 토막이 아니었다. 두 동강 나다시피 해서 달랑거리던 다리가 반쯤 붙어 있었다. 비록 약간 구부러져 있긴 했지만.

주인 남자가 다시 소리쳤다.

"다들 이리 와서 봐라. 수탉의 다리가 붙었어."

주인 여자와 투토, 토자우가 달려와서 꼼꼼히 살펴보았다. 아무도 기대하지 못한 일이었다. 주인 여자는 아빠의 다리를 들여다보며 걱정스럽게 말했다.

"그런데 다리가 다 붙고 나면 혹시 절름발이 수탉이 되는 건 아닌지 모르겠네!"

그 말에 나는 가슴이 미어지는 듯했다. 뒤로 돌아서서 아빠의 표정을 살폈다. 주인 여자의 말에 분명 상처가 컸을 텐데도 아빠는 담담한 표정이었다.

다음 날 새벽, 어김없이 수탉의 울음소리가 들려왔다. 아빠의 시간은 정말 정확하구나, 싶었다. 그런데 듣다 보니 울음소리가 어딘가 이상하다는 생각이 들었다. 평소에 듣던 아빠의 목소리가 아니었다. 몹시 서두르는 소리가 뚝뚝 끊어져 울리는 데다 끝소리가 바람에 흩어져 공중에 떠다녔다.

나는 화들짝 놀라 잠에서 깨어났다. 그건 아빠의 목소리가 아니었다, 절대로. 곧바로 닭장을 뛰쳐나와 볏단 위를 쳐다보았다. 거기에는 하얀 깃털이 있었다. 아빠를 대신하겠다는 뜻일까? 뻔뻔스런 녀석 같으니라고!

나는 곧장 닭장으로 달려가 아빠를 깨웠다. 아빠는 하얀 깃털이 우는 소리에 귀를 기울이더니, 나를 바라보며 가볍게 한마디 했다.

"사실, 하얀 깃털의 소리보다 네 소리가 더 듣기 좋단다."

"아빠, 모르겠어요? 하얀 깃털이 아빠 자리를 뺏으려고 하잖아요. 녀석은 지금 열심히 먹고 마시면서 오로지 토종닭 우두머리가 되려는 생각뿐이라고요!"

아빠는 도리어 나를 격려했다.

"너무 조급해 하지 마라."

"나는 아빠 때문에 초조한데, 아빠는 괜찮단 말이에요?"

"그렇게 간단한 문제가 아니란다. 그건 시간이 필요한 거야. 하얀 깃털이 새벽에 우는 권리를 뺏어 가려는 것도 타고난 성질이고……. 주인에게 자기의 실력을 보여 줘야 하니까."

그때 주인 여자는 아침 식사를 준비하고, 주인 남자는 마당을 쓸고 있었다. 창틀로 뛰어 올라가 방 안을 들여다보니, 어린 주인 투토가 볼기짝을 드러낸 채 깊은 잠에 빠져 있었다.

주인 여자가 마당에 서서 물었다.

"방금 어떤 닭이 소리를 낸 거야?"

주인 남자가 말했다.

"원래 울던 수탉 아닌가?"

주인 여자가 말했다.

"당신, 귀가 어떻게 된 거 아니에요? 수탉 소리도 구분 못 하다니······."

바로 그때, 하얀 깃털이 볏단 꼭대기에서 날개를 푸드득거리며 날더니 주인 여자 앞으로 내려섰다. 하얀 깃털은 그야말로 타고난 아첨꾼이었다.

잠시 뒤 아빠가 다리를 절뚝거리며 볏단 옆으로 가더니 고개를 들어 볏단 꼭대기를 쳐다보았다. 그러고는 먼 곳을 바라보며 예전처럼 울음을 뽑아 내기 시작했다. 아빠의 목소리를 들으니 마음이 편안하고 따뜻해졌다. 소리에서 힘이 느껴졌다. 지나가던 마을 사람들조차 아빠에게서 눈을 떼지 못했다.

아빠의 목소리는 얼이 나갈 정도로 웅장했다. 아빠가 만약 사람이었다면 인기 가수가 되어 수많은 팬들의 사랑을 받았을 텐데······. 나는 이미 아빠의 열혈 팬이었다. 그런 생각을

하니 아빠의 울음소리가 약간 쓸쓸하게 느껴졌다.

   아빠가 소리를 마치고 났을 때, 나는 아빠에게 다가가 '쓸쓸함'에 대해 말했다.

   "너, 많이 컸구나."

울타리에 날개가 낀
롱롱

    아름다운 암평아리 롱롱. 사실 '롱롱'이라는 이름은 내가 지어 준 것이다. 롱롱은 볼수록 매력이 있었다. 보드라운 깃털에는 광택이 흘렀고, 눈동자는 맑은 우물처럼 청아했다. 롱롱은 수평아리들과 어울리지 않고 자신만의 순진무구한 세계에서 행복을 즐겼다.

    하얀 깃털 역시 롱롱의 아름다움에 사로잡혔다. 녀석은 나와는 달리, 롱롱의 주위를 맴돌면서 적극적으로 알랑거리며 간드러진 노래를 불러 주곤 했다. 하지만 롱롱은 하얀 깃털을 거들떠보지도 않았다.

    롱롱이라는 이름이 생기기 전, 병아리들은 그녀에게 이런저런 이름을 지어 주려 했다. 자극적인 이름, 매력적인 이름,

과장된 이름, 족보에도 못 오를 천박한 이름 등등. 심지어 사람들도 잘 쓰지 않는 괴상한 이름을 붙이려고도 했다. 그러나 병아리들이 뭐라고 하든 롱롱은 대꾸 한마디 없었다. 그런 이름들은 땅 위에 떨어지는 빗방울처럼 아무 의미 없이 사라져 갔다. 어느 누가 땅에 떨어진 빗방울에 흥미를 보이겠는가?

햇빛이 유난히 따사롭던 날, 나는 롱롱의 깃털이 눈부시게 아름다운 빛을 반사하고 있는 것을 보았다. 그 빛이 내 마음에 물처럼 스며들었다. 나는 내가 지은 감성적인 이름을 다정하게 불러 보았다.

"롱롱!"

그때 풀밭에 머리를 숙이고 먹이를 찾던 롱롱이 고개를 들고 나를 바라보았다. 롱롱은 내가 자기를 부른다는 것을 알아차렸다. 그녀가 그 이름을 인정하고 받아들인 셈이었다.

하얀 깃털은 롱롱에게 이름이 생겼다는 말을 듣고 한걸음에 달려갔다.

"그 이름 말야, 어떻게 된 거야? 왜 받아들였어? 누가 지어준 거야?"

롱롱이 말했다.

"내 이름은 롱롱이야. 이제부터 그렇게 불러. 나는 이 이름이 참 좋아!"

순간 하얀 깃털은 더럭 위기감을 느꼈다. 수평아리로서 느끼는 불안감이라고 해야 할까. 그 뒤 하얀 깃털이 신경을 곤두세우고 경계하기 시작한 수평아리는 당연히 나였다. 하얀 깃털은 날마다 롱롱 옆에 붙어 지냈다. 그뿐 아니라 다른 수평아리들은 롱롱 근처에 얼씬도 못하게 했다.

 하얀 깃털이 롱롱에게 치근댈 때면 다들 눈치껏 그 자리를 피했다. 다른 수평아리들은 하얀 깃털을 무서워했다. 그러나 나는 녀석을 두려워하지 않았다. 대신 다른 수평아리들은 생각지도 못할 치밀한 계획을 세워 놓고 있었다. 나는 롱롱이 하얀 깃털의 이기심과 허영, 탐욕 따위를 똑똑히 보게 되기를 바랐다. 하얀 깃털은 닭으로서의 약점뿐 아니라 인간들의 나쁜 점까지 모두 갖고 있다는 사실을 깨닫게 할 생각이었다.

 그러나 롱롱은 내 뜻을 헤아리지 못했다. 그녀는 내가 뭔가를 오해하고 있거나 다른 생각이 있다고 여겼다. 어느 날 내가 풀밭에 있을 때 롱롱이 다가왔다. 나한테 무언가 할 말이 있는 듯했다. 그런데 롱롱이 채 입을 열기도 전에 근처에 숨어 있던 하얀 깃털이 마치 구급차 사이렌 소리처럼 요란한 괴성을 질러 댔다. 순간 닭들의 시선이 일제히 우리에게 쏠렸다. 녀석이 나와 롱롱이 만나는 것을 노골적으로 방해한 것이었다. 롱롱은 하얀 깃털의 유치한 공작을 보고도 못 본 척했다.

룽룽이 나에게 말했다.

"네가 나한테 이름을 지어 주어서 정말 기뻐. 나도 너에게 선물로 이름을 하나 지어 주고 싶은데……."

"나는 이미 이름이 있는걸."

룽룽이 신기한 듯 말했다.

"너, 이름이 있었어? 언제부터? 이름이 뭔데? 내가 왜 몰랐을까? 말해 봐. 이름이 뭐야?"

"토종닭이라고 불러 줘. 내 이름은 토종닭이야. 난 이 이름이 정말 좋아."

룽룽은 고개를 갸웃거리며 나를 바라보았다.

"넌 참 특별해."

"내가 뭐가 특별해? 나 역시 알을 깨고 나왔어. 주인 여자가 처음에 나를 암평아리로 알고 남겨 둔 덕분에 고기닭으로 팔려 나갈 뻔한 신세를 면했지. 그래서 운 좋게 지금까지 살아 있는 거야. 그런데 지금은 또 다른 어려움에 빠져 있어. 경쟁에서 살아남느냐, 도태하느냐 하는 상황 말이야. 앞으로 어떤

일이 생길지, 당장 내일 무슨 일이 일어날지 아무도 몰라. 너도 봤지? 옆집 남자가 아빠 다리를 부러뜨린 거. 아빠마저도 앞으로 어떻게 될지 모르는걸. 이게 바로 우리 토종닭의 운명이야."

롱롱은 나의 일장 연설을 듣고도 아무런 대꾸를 하지 않았다. 그러다 내 머리에서 발끝까지 쭉 훑어보더니 이렇게 말했다.

"넌 특별한 데다 걱정까지 많은 토종닭이구나?"

"아빠는 나한테 즐거움을 배우라고 했지만, 나는 전혀 즐겁지가 않아."

룽룽은 고개를 저으며 말했다.

"나는 네가 걱정돼!"

"네가 왜 내 걱정을 해?"

"너는 토종닭 무리 속에서 살기 힘들 것 같아."

"나는 토종닭이야, 토종닭. 내가 토종닭들과 함께 살지 못한다면, 도대체 어디 가서 살아야 한다는 거야?"

"네가 어디서 살아야 하는지는 나도 잘 몰라."

그때 하얀 깃털이 마치 달리기 경주라도 하듯 나와 룽룽을 향해 미친 듯이 달려왔다. 녀석은 달려온 속도 그대로 우리 둘 사이로 돌진했다. 나와 룽룽은 녀석과 세게 부딪쳐 비틀거렸다.

룽룽은 하얀 깃털에게 발끈 화를 냈다.

"너, 지금 뭐 하는 거야?"

그러자 하얀 깃털은 잔뜩 성이 오른 목소리로 대답했다.

"너희 둘이 너무 오래 얘기하고 있잖아."

그 말을 들은 룽룽은 새침한 표정으로 몸을 홱 돌리고는 다른 데로 가 버렸다. 룽룽은 하얀 깃털과는 단 한 마디도 섞고 싶지 않은 듯했다. 하얀 깃털은 룽룽의 뒷모습을 잠시 바라보더니 나에게 물었다.

"방금 룽룽하고 무슨 말을 한 거야?"

나는 퉁명스럽게 대답했다.

"그게 말이지, 하얀 깃털 너는 머리가 나빠서 앞으로 어찌 살아갈지 갑갑하다는 얘기를 했어."

하얀 깃털은 내 말에 온몸을 부들부들 떨었다. 그러나 감히 나에게 덤비지는 못했다. 나의 반격 실력을 이미 알고 있었으니까.

해질 무렵, 주인 여자가 모이를 주려고 닭들을 부를 때였다. 롱롱에게 그만 문제가 생기고 말았다.

그날 롱롱은 예쁜 나비 한 마리가 울타리 위에 앉아 있는 것을 보았다. 저녁놀이 지는 하늘로 날아오르려는 나비를 멍하니 바라보고 있노라니 나비에게 가까이 가고 싶은 생각이 들었다. 나비에게 다가가려고 울타리 위로 날아오르자 깜짝 놀란 나비는 딴 데로 휙 날아가 버렸다. 실망한 롱롱이 아래로 뛰어내리려는 순간, 날개가 울타리에 끼어 꼼짝을 할 수 없게 되었다.

롱롱에게 사고가 난 것을 가장 먼저 알아차린 것은 하얀 깃털이었다. 녀석은 마치 원시인이 춤을 추듯 마당에서 펄쩍펄쩍 뛰었다. 주인 여자는 하얀 깃털이 왜 그러는지 모른 채 큰 소리로 야단을 치며 녀석을 진정시켰다.

내가 볏단 뒤에서 나왔을 때는 롱롱이 울타리 위에서 몹시 고통스러워하고 있었다. 울타리 밑에 있던 수탉들은 왜 롱롱을 구하지 않은 걸까? 롱롱이 얼마나 고통스러워하는지 보이지 않는단 말인가?

나는 목을 쭉 빼고 롱롱이 나무 울타리에 어떤 식으로 끼어 있는지 살펴보았다. 어떻게 해서든 롱롱을 빨리 구해 주어야 했다. 곧장 울타리 위로 날아 올라갔다. 롱롱은 놀라서 비명을 지르고 있다가 내가 자기 옆으로 올라오는 것을 보고는 더 이상 소리를 지르지 않았다. 두 눈에 감격한 빛이 가득했다.

왼쪽 날개가 나뭇가지 사이에 끼어 있었는데, 롱롱 혼자 힘으로는 평생 빠져나오지 못할 것 같았다. 나는 롱롱의 날개가 끼어 있는 나뭇가지 사이에 내 몸을 밀어 넣어 틈을 벌리면 날개를 빼낼 수 있을 거라고 생각하고 곧바로 행동에 옮겼다. 내가 자리를 옮겨 몸을 밀어 넣는 순간, 나뭇가지 사이가 벌어지면서 롱롱의 왼쪽 날개가 스르르 빠졌다.

롱롱은 무사히 땅으로 내려왔다. 그러나 그 반동으로 반대편 가지가 튀어 오르면서 나를 아래로 떨어뜨렸다. 그 바람에 내 꼬리 깃털 두 개가 뽑히고 말았다. 깃털이 뽑힌 자리가 몹시 아팠다. 그 후 며칠 동안 나는 통증에 시달렸다.

때마침 주인 여자가 다가왔다. 하지만 내가 몸을 던져 롱롱을 구한 장면은 보지 못하고 대뜸 소리부터 질렀다.

울타리에 날개가 낀 롱롱

"너, 뭐 하는 거야? 꼬리털이 다 뽑히고 싶은 거야?"

꼬리뼈 부근이 여전히 욱신거렸지만 마음은 말할 수 없이 기뻤다.

그날 저녁, 룽룽은 닭장으로 곧장 가지 않고 나에게 쭈뼛쭈뼛 다가와서는 마당 모퉁이로 가서 얘기 좀 하자고 했다. 룽룽은 마당 구석에 감추어 놓은 말린 해바라기 씨 열댓 개를 꺼내 주었다. 그리고 나를 위해 특별히 숨겨 놓은 것이라는 말을 덧붙였다.

나는 룽룽의 성의가 고맙긴 했지만 낱알이 굵은 해바라기

씨를 차마 혼자 먹을 수는 없었다. 꼬리털이 몽땅 뽑혔다 해도, 그럴 수는 없는 일이었다.

룽룽이 말했다.

"너와 하얀 깃털은 정말이지 딴판이구나. 하얀 깃털은 주인 앞에서 알아듣지도 못할 말로 떠들어 대기만 하던데. 하지만 너는 이리저리 재지 않고 곧장 울타리 위로 날아와 주었어."

"앞으로 다시는 바보 같은 짓 하지 마."

그러자 룽룽이 장난스럽게 말했다.

"네가 있으니 또 바보짓을 할지도 모르겠는걸. 네가 또 날 구해 줄 거잖아."

나는 룽룽이 참 귀엽다고 생각했다. 룽룽은 바닥에 놓인 해바라기 씨의 껍질을 벗긴 다음, 고소한 냄새를 풍기는 씨앗을 발라내 건네며 속삭였다.

"먹어 봐."

나는 나만을 위해 준비한 룽룽의 특별식을 시식하기 전에 한마디 던졌다.

"그건 내가 좋아서 한 일일 뿐이야."

그때 주인 여자의 쩌렁쩌렁한 목소리가 고요한 밤공기를 갈랐다.

"어째서 두 마리가 모자라지? 수평아리 한 마리랑 암평아리 한 마리가 없잖아! 투토! 토자우! 얼른 나와서 눈 좋은 너희가 좀 찾아 다오."

나와 롱롱은 캄캄한 어둠 속에 서서 못내 아쉬워했다. 우리의 첫 데이트는 그렇게 끝나고 말았다.

많이 먹고 얼른 살찌면?

우리 수평아리 여섯 중에서 갑자기 한 마리가 없어졌다. 아무리 세어 봐도 다섯 마리뿐이었다. 이상한 일이었다. 내가 하얀 깃털에게 한 마리가 모자란다고 말하자, 녀석은 그럴 리가 없다며 직접 세어 보았다. 그러더니 입을 꾹 다물었다. 한 마리가 모자라는 것이 분명했다.

우리는 긴장했다. 다들 속으로 수를 세면서 팔팔하게 날뛰던 수평아리 하나가 어떻게 없어졌는지 추측해 보았다. 정말 사라진 걸까? 수평아리들은 말수가 부쩍 줄었다. 모두 자신의 운명을 생각하고 있었다. 아무도 자신이 다른 병아리들보다 운이 좋으리라고 자신하지 못했다.

나는 그 수평아리가 어디로 갔는지 이리저리 머리를 굴려

보았다. 하얀 깃털은 나에게 또 쓸데없는 일에 신경 쓴다고 편잔을 주었다. 나는 이것이 절대로 쓸데없는 일이 아닐뿐더러 도리어 아주 심각한 문제라고 말했다. 하얀 깃털은 자기가 상상할 수 없는 문제는 들으려고도 하지 않았다. 내가 다시 그 일을 끄집어내자, 화를 내며 차갑게 말했다.

"찾지 마, 죽었어."

나 역시 몹시 화가 났다.

"너, 너무 쉽게 말하는 거 아냐? 우리 식구인 토종닭 한 마리가 없어졌는데, 죽었다고 간단히 말하면 그걸로 된 거야?"

하얀 깃털은 버럭 소리를 질렀다.

"닭이면 그냥 닭이라고 해. 토종이니 뭐니 붙이지 말란 말이야. 토종닭은 무슨……. 듣기 거북하게!"

이 문제에서는 나 역시 털끝만큼도 양보할 수 없었다.

"토종닭을 토종닭이라고 말하는 게 어때서? 우리는 토종닭이야. 널 토종닭이라고 부르는 게 왜 듣기 싫은 거니? 그럼 너를 황금 닭이라 부를까? 그럼 네 가치가 올라가냐? 아예 매라고 하지 그래? 그러면 넌 땅에 발도 안 디디려고 하겠구나. 차라리 하늘 닭이라고 불러 줄까? 아, 그럼 우리가 감상할 수 있게 푸드득 날아올라 하늘을 두 바퀴쯤 돌아 보지 그래!"

녀석의 작은 머리로 어떻게 내 상상력을 이기겠는가? 녀석은 재빨리 말을 돌렸다.

"네가 아무리 그래 봐야 소용없어. 어쨌거나 다음부턴 나를 토종닭이라고 부르지 마. 참을 수 없으니까!"

"네가 아무리 걸어서 하늘까지 가 봐라. 그렇게 한들 어느 누구도 너를 백조라고 부르지 않아. 너는 어디까지나 토종닭이니까!"

하얀 깃털은 화가 나서 부리로 자기 털을 쪼려고 했다. 하지만 그것도 뜻대로 되지 않자, 약이 바짝 올라서 휙 하고 자리를 떴다.

나는 실종된 수평아리를 찾아 나섰다. 그날 오후, 주인 여자가 밥그릇을 들고 집 뒤쪽으로 가는 것을 보았다. 주인집은 대문을 들어서면 닭장과 풀밭이 있는 앞마당이 있고, 집 뒤편으로 마당이 또 하나 있었다. 주인 부부는 그 뒷마당에 오이, 콩, 가지, 고추 등 여러 가지 채소를 심었다. 그들은 우리가 채소를 훔쳐 먹을까 봐 뒷마당으로 가는 것을 철저하게 막고 있었다.

나는 주인 여자를 따라 슬그머니 뒷마당으로 들어섰다. 순간 독일 종자 닭을 가둬 두었던 철사 새장이 눈에 들어왔다. 주인 여자는 밥그릇에 든 모이를 새장 안의 그릇에 쏟아 부으며 "꼬, 꼬, 꼬, ……." 하고 소리를 냈다. 실종된 수평아리가 새장에 갇혀 있었다.

나는 언뜻 이해가 되지 않았다. 어째서 주인 여자는 저 평범하기 짝이 없는 수평아리를 따로 새장에 넣어 보살피고 있는 걸까? 무슨 특별한 이유라도 있는 걸까? 저 수평아리에게서 서양 혈통이라도 발견한 걸까? 그럴 리가 없었다. 나 스스로 생각해도 너무나 터무니없는 상상이었다.

혼란스러웠다. 그 수평아리는 이제껏 나와 함께 자랐는데, 나와 다른 점을 딱히 발견한 적이 없었다. 굳이 다른 점을 찾자면, 암평아리처럼 겁이 많고 약해서 부끄러움을 많이 탔다는 것 정도? 그래서 수평아리가 줄어든 사실을 알아차렸을 때에도 그 녀석일 거라는 생각은 미처 하지 못했다.

주인 여자가 그 녀석에게만 맛있는 특별식을 주는 이유가 설마……, 아빠의 우두머리 자리를 대신 맡기려고 준비하는 것은 아니겠지? 그 녀석한테서는 우두머리의 자질이라고는 눈곱만치도 찾아볼 수 없었다. 아무리 생각해도 이해할 수 없었다.

나는 앞마당으로 달려가, 사라진 수평아리가 무사하다는 사실을 모두에게 말했다. 그 녀석이 지금 독일 종자 닭이 묶었던 새장 안에서 편안하게 맛있는 음식을 먹고 마시고 있다는 얘기도 덧붙였다. 내 말을 듣고 하얀 깃털이 제일 먼저 날

뛰었다.

하얀 깃털은 흥분을 삭이지 못하고 소리를 지르며 말했다.

"걔가 왜 특식을 먹어? 왜 독일 종자 닭과 똑같은 대우를 받냐고! 도대체 나보다 어디가 잘났는데? 새장에 가서 나하고 비교해 봐야겠어."

녀석이 지나치게 노발대발하자, 다른 수평아리들은 모두 입을 다물었다.

나는 아빠를 찾아가 이 문제에 대한 해답을 구했다. 아빠는 내 말을 듣고는 한숨을 길게 내쉬며 심각한 표정을 지었다. 아무래도 단순한 문제가 아닌 듯했다.

내가 물었다.

"아빠, 뭔가 짚이는 게 있나요?"

아빠는 잠시 아무 말 없이 그리 흐트러지지 않은 깃털을 차분하게 정리했다. 깃털을 다듬으면서 불편한 심기를 다스리는 것 같았다. 내가 다시 아빠에게 물었다.

"어떻게 된 일인지 아세요?"

아빠는 말없이 고개를 끄덕였다. 나는 답답함을 못 이겨 또다시 물었다.

"말씀해 보세요. 저에게 모두 다 알려 주세요."

아빠는 목구멍 깊은 곳에 뭔가 딱딱한 것이라도 걸린 듯 천천히 입을 열었다.

"주인이 저 작은 수평아리를 데려다 아침에 기상 시간을 알리는 우두머리 닭으로 만들 생각이겠니? 주인은 저 닭을 그저 빨리 살찌우려는 것뿐이란다. 사람들은 닭을 꼼짝 못하게 가두어 놓고 좋은 것을 먹이면 피둥피둥 살이 붙는다는 것을 잘 알고 있지. 명절이 열흘 앞으로 다가왔잖니? 명절이 되면 가둬 두었던 닭을 잡아먹는단다."

"그런데 왜 하필 그 친구예요? 말썽도 안 피우는데요?"

"너, 평소에 제대로 관찰하지 않았구나. 그 아이는 장애가 있단다."

"무슨 장애가 있는데요?"

"발가락이 세 개뿐이야."

"발가락이 세 개라고요? 전혀 몰랐어요."

"발가락이 세 개면 빨리 달릴 수가 없단다. 다른 닭을 영원히 이길 수 없다는 뜻이지!"

나는 그제서야 그 닭이 왜 그렇게 느렸는지 알아차렸다. 달리기를 하면 녀석은 항상 다른 수평아리들 뒤에 있었다. 새삼 서글픔이 밀려들었다.

며칠 뒤, 나는 몰래 뒷마당으로 갔다. 그리고 새장 속에 갇혀 있는 수평아리를 물끄러미 바라보았다. 그사이 녀석은 몰라볼 만큼 통통하게 살이 올라 있었다.

나는 뒷마당으로 나가는 쪽문에 기대어 이렇게 물었다.

"넌 어떻게 바보처럼 먹기만 하냐?"

녀석은 어이없다는 듯 되물었다.

"먹지 않으면 뭘 해? 이렇게 맛있는 게 많은데……. 안 먹으면 그게 바보지."

더 이상 얘기를 할 수가 없었다. 사실대로 말하면 충격이 클 테니까. 나는 뒷마당을 떠나면서 한마디 던졌다.

"적게 먹어라. 적게 먹는 게 너한테 좋을 거야."

녀석은 무슨 소리인지 전혀 이해하지 못한 듯한 표정으로 무심히 이렇게 말했다.

"나는 다이어트할 마음 없어. 뭐 하러 적게 먹어?"

나는 녀석을 살릴 방법을 찾기로 마음먹었다. 명절을 하루 앞둔 날 밤, 주인 내외가 들뜬 마음으로 한창 명절 준비에 열중하고 있을 때 그 녀석을 새장에서 도망치게 했다.

그날 주인 여자는 닭 털을 쉽게 뽑기 위해 솥에다 물을 끓이고 있었다. 주인 여자가 주인 남자에게 새장 안에 있는 수평아리를 꺼내 목을 비틀라고 하였다.

주인 남자는 뒷마당에 갔다가 빈손으로 돌아왔다.

"새장에 무슨 닭이 있다는 거야?"

주인 여자는 그 소리를 듣고 황급히 뒷마당으로 달려가더니 이내 소리를 질렀다.

"아니, 내 닭! 내 닭이 어디 갔어?"

주인 내외가 한바탕 말다툼을 벌였다. 주인 여자는 새장의 작은 문에 달린 고리를 잘 걸어 놓지 않아서 생긴 일이라며 남편을 원망했다.

주인 남자는 새장 주위를 몇 바퀴 돌더니 억울하다는 듯 투덜댔다.

"수평아리가 자기 머리 위에 있는 문을 열 수 있다고 믿는 거야?"

나는 숨어서 그 모습을 지켜보며 킥킥거렸다. 세 발가락 수평아리를 놓아준 일은 다른 닭들에게 평생 털어놓지 않고 비밀로 간직할 작정이었다. 이번에 나는 수평아리 한 마리를 구했고, 주인 내외는 고기 한 마리를 손해 본 셈이었다.

전날 나는 새장 꼭대기로 날아가, 위쪽에 달려 있는 고리를 부리로 열었다. 그 일은 아주 쉬웠다. 사람들은 우리 닭들이 아무 생각 없이 산다고 여기며 무시한다. 특히 토종닭은 더욱더 그러할 거라고 믿어 버린다.

주인 내외가 명절을 쇠던 날 밤, 아빠는 내 귀에 대고 나지막한 목소리로 이렇게 속삭였다.

"잘했어!"

나는 아빠의 예민한 관찰력과 정확한 판단력에 새삼 놀랐다. 그날 아빠가 고개를 들고 밤하늘의 별들을 보며 했던 말이 지금도 생생하게 떠오른다.

"오늘은 오갈 데 없는 세 발가락 수평아리의 명절이구나."

아빠의 말을 듣는 순간, 나는 친구들을 위해 행동하는 것이 나에게도 보람과 기쁨을 준다는 사실을 깨달았다. 그런데 세 발가락, 너 어디로 도망간 거야? 어두운 밤길에 부디 몸조심해라!

달콤한 닭의 도시?

동네가 시끌벅적해지면서 사방에 좋지 않은 기운이 감돌았다. 도시 사람들이 시골로 놀러왔기 때문이다. 사람들은 자동차에 먹을 것과 마실 것을 실은 채, 어른 아이 할 것 없이 웃고 떠들며 가고 싶은 곳을 찾아 돌아다녔다. 도시 생활에 싫증이 나면 농가나 농작물, 풀밭, 개울 등에 새삼스레 관심을 보였다. 우스운 일이었다.

시골 길은 아스팔트로 포장이 돼 있지 않아서 자동차가 마을로 들어오자마자 흙먼지가 하늘을 뽀얗게 뒤덮었다. 우리는 화들짝 놀라 울타리 위로 날아올랐다. 개들은 컹컹 짖어대며 길 옆으로 피했고, 돼지들은 어기적어기적 걷다가 자동차에 엉덩이를 치고는 칼에라도 맞은 듯 꽥 하고 소리를 질렀다. 사람들이 자동차 안에서 돼지들을 마구 놀려 대는데도 그저 멍청한 표정으로 뒤뚱거릴 뿐이었다.

자동차 창 너머로 안경 쓴 여자가 고개를 내밀더니 차 안에 있는 남자 아이에게 이렇게 말했다.

"봤니? 저것들이 바로 우리가 어제 읽은 《닭은 날고 개는 뛰네》라는 책에 나왔던 동물들이란다."

차 안에 앉아 있던 남자 아이는 차에서 내리려고 아빠와 엄마를 불렀다.

"닭이 날아다니고 개가 뛰는 모습을 보고 싶어요."

그때 하얀 깃털이 울타리 옆에 서 있는 모습이 눈에 들어왔다. 녀석은 자동차를 뚫어져라 쳐다보고 있었다. 녀석이 내게 물었다.

"저건 무슨 우마차야?"

"똑똑히 봐. 소나 말이 끄는 수레를 우마차라고 하고, 저건 우리 주인 여자가 전에 말한 적이 있는 자동차라는 거야. 휘발유로 가는 차."

내가 설명해 주었다.

"주인 여자의 말은 무슨 뜻인지 도통 모르겠던데, 너는 그 말을 다 알아듣는 거야?"

하얀 깃털은 자기가 모르는 걸 부끄러워하진 않고, 내가 그걸 알고 있다는 사실을 기분 나빠 하였다. 세상에는 이런 닭들이 참 많았다.

차 안의 남자 아이는 근시 안경을 끼고 있었다. 아이가 나를 바라보았다. 나는 아이의 시선을 의식하며 슬며시 경계 태세를 취했다.

잠시 후, 남자 아이가 엄마에게 말했다.

"나, 저 닭 갖고 싶어! 갖고 싶어!"

갑자기 남자 아이의 아빠가 차창 너머로 고개를 내밀었다.

그 사람도 근시 안경을 끼고 있었다. 일가족이 모두 근시 안경을 끼고 있는 모습이 마치 우리 토종닭 가족이 모두 목에 흰 띠를 두르고 있는 것과 흡사해 보였다.

근시안 아빠가 근시안 아들에게 말했다.

"슈퍼마켓에 가면 닭고기를 얼마든지 살 수 있는데, 무엇 때문에 저 닭이 갖고 싶은 거니?"

근시안 아빠는 먹는 것 말고는 다른 것에 전혀 관심이 없는 것 같았다. 근시안 아들이 말했다.

"닭을 건물 꼭대기에 세워 놓고 소리를 내게 해 보려고!"

나는 그 말을 듣고 깜짝 놀라, 울타리 위에서 푸드득 날아 내려와서는 날개를 치며 미친 듯이 도망갔다. 한참을 도망치다 뒤를 돌아보니, 하얀 깃털은 여전히 그 자리에 서서 바보처럼 자동차를 쳐다보고 있었다. 자신에게 다가오는 위험을 조금도 깨닫지 못하고 있는 듯했다.

나는 잠시 망설이다가 하얀 깃털을 불러, 남자 아이에게서 멀리 떨어지는 것이 좋겠다고 알려 주었다. 그 남자 아이는 욕심만 많을 뿐 책임감은 전혀 없는 도시 아이였다. 그런 아이는 쓰레기를 만드는 것 말고는 할 줄 아는 일이 없었다.

하얀 깃털이 뒤돌아보며 버럭 소리쳤다.

"거참, 잔소리도 많네. 나는 지금 도시에 가서 살 생각을 하고 있는 중이야. 빌딩 꼭대기에서 홰를 치는 것과 볏단 위에서 홰를 치는 것은 분명히 다른 느낌일 거야. 빌딩이 볏단보다 몇십 배, 아니 몇백 배는 높으니까!"

나는 녀석의 말에 깜짝 놀랐다. 마음속에 저런 정신 나간 소망을 담아 두고 있었다니……! 나는 큰 소리로 외쳤다.

"너, 미쳤어!"

하얀 깃털은 정말 미친 것 같았다. 갑자기 이상한 충동에 사로잡혀서는 마치 곡예라도 하듯 울타리 위에서 자동차 지붕 위로 몸을 날렸다. 왁스칠이 되어 있는 자동차가 몹시 미끄러운 나머지, 녀석은 제대로 서지 못하고 한참을 미끄덩거리다가 가까스로 몸을 가누었다.

근시안 남자 아이가 하얀 깃털을 가리키며 말했다.

"얘가 제 발로 날아왔으니, 우리가 데리고 가요!"

하얀 깃털은 그 말을 듣고 고개를 돌려 나에게 물었다.

"얘가 방금 나한테 뭐라고 한 거야?"

"너를 도시로 데리고 가겠대!"

녀석은 기뻐서 죽을 지경이었다. 너무나 신나서 남자 아이가 한 말을 되뇌이다가 그만 자동차 지붕에 똥을 찍 싸 버렸다.

근시안 엄마는 그걸 보고 코를 막으며 말했다.

"저게 차 위에다 똥을 쌌네."

남자 아이가 입술을 일그러뜨리며 말했다.

"아휴, 닭똥 냄새……. 정말 지독하다!"

근시안 아빠는 차에서 후다닥 뛰어나와 눈으로 똥을 확인하고는 불같이 화를 냈다.

"아니, 정말 똥을 싸 놨잖아!"

하얀 깃털은 차 위에 서서 꼼짝도 하지 않았다. 녀석은 고개를 숙이고 거울처럼 반짝이는 차 위에 자기 모습을 비춰 보고 있었다. 아마 난생처음 자기 모습을 비춰 본 게 아닐까?

근시안 아빠가 뭐라고 하는지 하얀 깃털이 알아듣지 못한 채 못 박힌 듯 서 있는 사이, 근시안 아빠는 차 안으로 윗몸을 들이밀어 공기총을 꺼냈다. 그것은 새

를 잡는 사냥총이었다. 새가 나무 꼭대기에 앉아 있다 하더라도 그 총 한 방이면 한순간에 목숨을 잃을 수 있는 무시무시한 무기였다.

머리끝까지 화가 난 근시안 아빠는 당장 하얀 깃털을 쏘려고 했다. 나는 기겁해서 소리쳤다.

"하얀 깃털! 얼른 도망가!"

그러나 녀석은 내 말을 듣지 못했다. 녀석은 근시안 남자가 자신에게 총을 겨누는 것을 그저 멀거니 바라보기만 했다. 총구가 자신을 향하는 것이 무얼 의미하는지 전혀 몰랐기 때문이다.

나는 눈을 질끈 감았다.

"땅!"

엄청난 소리가 났다. 눈을 떠 보니, 하얀 깃털이 아직 차 위에 서서 바보처럼 사방을 두리번거리고 있었다. 방금 난 총소리에 얼이 빠진 것 같았다. 다행스럽게도 주인 남자가 그사이 달려와서 근시안 남자의 총을 거칠게 빼앗는 바람에 총알이 허공으로 발사된 것이었다.

주인 남자가 근시안 남자에게 말했다.

"수평아리를 죽일 셈이면, 당신이 배상을 해야지!"

그 틈에 나는 하얀 깃털에게 소리쳤다.

"너 들었어, 못 들었어? 그건 총이야. 네 머리에 구멍을 낼 수도 있다고!"

하얀 깃털은 그 말에 소스라치게 놀라, 또다시 똥을 갈기며 차에서 뛰어내렸다. 그러고는 정신없이 줄행랑을 쳤다. 나는 웃음이 터지려는 것을 간신히 참았다. 평소에 그렇게 세상을 만만하게 보고 안하무인으로 굴던 하얀 깃털이, 저렇듯 놀라 설사까지 하며 허둥지둥대는 꼴이라니. 도망가는 녀석의 궁둥이를 보니, 똥이 끼어 지저분하기 짝이 없었다.

"퉤퉤!"

나는 침을 뱉었다. 지금도 그 모습만 생각하면 식욕이 다 달아날 지경이다. 그 뒤 하얀 깃털을 다시 만났을 때, 나는 녀석의 더러운 엉덩이가 떠올라 절로 눈살이 찌푸려졌다.

오후가 되자 우리는 마당으로 돌아왔다. 그런데 뜻밖에도 그 근시안 가족이 마당에 앉아 우리 주인 내외와 담소를 나누고 있었다. 남자 아이가 수탉을 한 마리 사겠다고 고집을 부리는 중이었다. 수평아리가 매일 아침 울음소리로 자기를 깨워 주면 좋겠다는 것이었다. 근시안 엄마가 "너에겐 자명종이 있잖아!"라며 말렸지만, 남자 아이는 앞으로 닭 우는 소리가 아니면 아침에 절대 일어나지 않겠다며 수평아리를 사 달라고 계속해서 떼를 썼다.

근시안 아빠가 말했다.

"한 이틀 놀고 나면 질릴 텐데, 뭘."

그때 주인 여자가 수평아리들을 가리키며 말했다.

"저 다섯 마리 중에서 한 마리를 고르세요. 전부 좋은 닭이니 한 푼도 깎아 줄 순 없어요."

근시안 엄마가 말했다.

"비싼 닭인데, 사 가서 이틀 동안 재미있게 놀고 질리면 잡아먹죠, 뭐."

나는 수평아리들에게 사람들의 말을 통역해 주었다. 병아리들은 그 소리를 듣자마자 꽥꽥 소리를 지르며 모두 마당에서 뛰쳐나갔다.

우리는 도시 사람들이 돌아가고 나서야 집으로 돌아왔다. 주인 여자는 모이를 주며 우리를 야단쳤다.

"이것들이, 다 컸구먼! 팔겠다고 하니까 줄행랑을 칠 줄도 알고 말이야."

우리 수평아리들은 모이통에 머리를 처박

고 허겁지겁 모이를 먹었다. 주인 여자가 우리에게 뭐라고 욕을 하든 말든 상관없었다. 나는 나와 친구들이 도시로 팔려 가지 않은 것만으로 다행이라고 생각했다.

도시는 우리 같은 토종닭들이 살 곳이 못 되었다. 우리는 머리를 박고 거친 음식을 쪼아 먹거나 모이를 찾아다니는 생활을 좋아했다. 또 싸고 싶을 때 장소를 가리지 않고 아무 데나 배설을 하는 것도 편했다. 그런데 도시로 간다면 얼마나 많은 공기총들이 우리를 겨누겠는가? 나는 병아리들을 바라보며, 마음속으로 그들이 현재의 생활을 소중하게 여기기를 간절히 바랐다.

그때 주인 여자가 나를 보며 말했다.

"이 닭이 조금 이상한걸? 왜 모이를 먹지 않는 거지? 병들었나?"

나는 깜짝 놀라 땅 위에 있는 모이를 잽싸게 주워 먹었다. 주인 여자가 또다시 중얼거렸다.

"어라, 꼭 내 말을 알아듣는 것 같네."

나는 주인 여자의 말을 알아듣지 못한다는 것을 보여 주기 위해, 닭장 위로 날아가 아침인지 밤인지 구별을 못하는 것처럼 소리를 내질렀다. 하얀 깃털이 그런 나를 보고 우스워서 뒤로 넘어갔다.

가짜 양키 이모의 단식 농성

한동안 우리는 가짜 양키 이모를 잊고 있었다. 지난번에 용서받을 수 없는 죄를 지은 뒤로 주인 여자가 줄곧 이모를 가둬 두었기 때문이다. 이유는 단 하나, 이모가 이웃집 닭장에 알을 낳지 못하게 하기 위해서였다.

주인 여자는 마음을 모질게 먹은 듯 마당에서 여러 차례 되뇌었다.

"내 암탉들이 남의 집에다 알을 낳는 것은 무슨 일이 있어도 용서할 수 없어."

가짜 양키 이모뿐만 아니라 다른 암탉들 역시 알 낳는 자리가 불편하고 지저분하다는 생각을 하고 있었다. 주인 여자는 오로지 달걀을 얻을 생각뿐, 닭장을 단장하거나 고치는 데 돈을 들일 생각은 눈곱만큼도 없었다.

    나는 암탉들이 걱정스러웠다. 암탉들은 가짜 양키 이모가 알둥지에 불만을 갖고 반항을 하다가 자유를 잃은 모습을 보고는 모든 생각을 접어 버렸다. 처음에 이모가 하루에 알을 한 개씩 꼬박꼬박 낳을 때는 주인 여자에게 얼마나 큰 총애를 받았던가. 그런데 한 번의 잘못으로 죄수 신세가 되어 버린 것이었다. 이제 암탉들은 평범하디평범한 생활을 말없이 받아들일 뿐, 감히 이성적으로 생각한다든가 희망을 품는다든가 하는 욕심을 가질 수가 없었다.

    주인 여자는 가짜 양키 이모가 알을 낳았을 때에만 풀어 주었다. 그러나 특식은 더 이상 주지 않고 스스로 모이를 찾게 했다. 좋은 음식도 먹지 못한 채 오랜 시간 갇혀 지내다 보니, 이모는 자꾸만 일반 암탉이 낳는 것만도 못한 작은 알을 낳았다.

    주인 여자는 전에 없이 가짜 양키 이모를 냉대하기 시작했다. 어느 날 주인 여자는 이모가 오전 내내 둥지에 웅크리고 앉아 알을 낳지 않고 있는 것을 보면서, 괜히 먹이를 먹였다는 둥 잡아먹어 버려야겠다는 둥 하면서 잔인한 말을 퍼부어 댔다. 주인 여자는 마당을 이리저리 한 바퀴 돌더니, 다시 알둥지로 뛰어가 가짜 양키 이모의 배 밑에 손을 쑥 집어넣었다. 배 밑에 알이 없자 또다시 야단을 쳤다.

"너는 둥지에 앉아 알을 낳는 척만 하니? 어서 알을 낳아 내 눈에 보이게 해 봐!"

몇 분 뒤, 주인 여자는 투박한 손을 또다시 가짜 양키 이모 배 밑에 집어넣고는 마구 더듬었다. 이런 행동은 이모에게 커다란 모욕감을 주었다. 이것은 명백한 학대 행위였다.

가짜 양키 이모가 둥지에 웅크리고 앉아 있는 모습은 더없이 가련해 보였다. 예전에 윤이 나던 이모의 깃털은 이제 지저분하기 짝이 없었다. 가장 두드러지게 변한 것은 이모의 두 눈이었다. 총기를 잃어버린 두 눈에서 예전의 생기발랄함은 더 이상 찾아볼 수가 없었다.

저녁 무렵이 되자 가짜 양키 이모가 비로소 알을 하나 낳았다. 이전과 달리 이모는 알을 낳자마자 '꾸르륵꾸르륵' 하면서 울었다. 이제는 알을 낳고 무언가를 기대하는 마음마저도 없는 모양이었다.

주인 여자가 알 낳는 둥지의 문을 열었을 때 이모는 팔짝 뛰어 풀밭으로 달려나갔다. 자유로워지고 싶은 마음만 굴뚝같을 뿐, 모이를 찾아 먹을 생각은 하지 않는 듯했다. 다른 암탉들은 알을 낳고 나면 무조건 먹고 마시려 했다. 하지만 이모는 그저 풀밭에 서서 넋을 놓고 있었다. 아마 막 낳은 알이

자기와 아무 상관이 없다는 생각을 하는 것 같았다. 바람이 불어오자 이모의 텁수룩한 깃털들이 날려 더욱 초라해 보였다. 그런 이모의 모습에 내 마음이 쓰라렸다.

다음 날 주위가 캄캄하게 어두워졌을 때, 주인 여자는 잠자고 있던 이모를 끄집어내 알둥지로 밀어 넣고는 문을 닫아 버렸다. 이모는 몸부림을 치지도 않고 소리를 지르지도 않은 채 주인 여자가 하는 대로 가만히 있었다. 이모는 갇혀 지내는 것에 이미 지쳐 있었다.

오전 내내 하늘에 구름이 어두컴컴하게 덮여 있더니 가랑비가 내리기 시작했다. 토종닭들의 마음도 덩달아 어수선해졌다. 내 머릿속도 온통 이모에 대한 생각으로 날씨만큼이나 싱숭생숭했다. 나는 비를 맞으며 이모가 알을 낳는 둥지 안으로 뛰어갔다.

내가 입을 열려는 순간, 이모가 먼저 고개를 들어 나를 보며 힘없이 말을 건넸다.

"모두들 울타리 밑에서 비를 피하는데 넌 여기 서서 뭐하는 거니? 비를 맞으면 좋지 않아. 어서 비를 피하렴!"

내가 이모에게 말했다.

"주인 여자가 이모를 이렇게 함부로 대하다니……. 너무해요! 제가 잠시라도 같이 있어 줄게요."

더 이상 이모에게 뭐라고 말을 해야 할지 몰랐지만 그냥 빗속에 같이 서 있고 싶었다. 나는 아직 다 자라지 않은 수평아리에 불과하지만, 이모가 부당한 대우를 받고 힘들어 할 때 곁에 있으면서 위로해 주고 싶었다. 내 마음을 알아차린 이모가 고개를 들고 나를 빤히 바라보았다.

"너, 참 보기 드문 병아리구나."

나는 비가 그칠 때까지 이모와 함께 있었다.

그날 오후 이모는 알을 하나 낳았다. 그러나 주인 여자가 알을 걷어 가려고 왔을 때, 그 알은 이미 깨져서 노른자가 흘러나와 있었다. 주인 여자는 화가 나서 이모더러 아무짝에도 쓸모없는 암탉이라고 욕을 해 대고는 깨진 알을 밟아서 완전히 부서뜨려 버렸다.

이모는 묵묵히 다른 곳으로 걸어갔다. 주인 여자의 저주는 들은 척도 하지 않았다.

다음 날 이모는 하루 종일 갇혀 있었지만 알을 낳지 못했다. 사흘째 되는 날에도 종일 갇혀 있었다. 그날은 알을 낳긴 했지만 또 깨져 있었다.

주인 내외는 한참 동안 마당에 서서, 연이어 깨진 알이 나오는 이유를 알아내려 애썼다. 그들은 이모의 알이 깨지는 것이 우연한 일이 아닐 거라고 믿었다. 말로 표현하기는 어렵지만 불길한 예감이 들었다.

결국 나는 보고야 말았다. 이모가 시계추처럼 머리를 흔들어 대며 자신의 부리로 방금 난 알을 깨뜨리는 모습을……. 나는 더럭 눈물이 났다. 이모는 주인 여자의 학대에 보복하고 있었던 것이다.

이모는 자기 알을 주인에게 순순히 내어줄 순 없다고 생각했다. 이모의 행동은 정말 상상도 하지 못한 일이었다. 더욱 놀라웠던 것은 이모가 두 번 다시 모이와 물을 먹지 않았다는 사실이다. 이모의 몸은 안쓰럽게 야위어 갔다. 마당 앞 풀밭에 서 있는 이모의 빈약한 몸이 휘청거리는 듯하더니, 바람이

조금 세게 불자 나뭇잎처럼 픽 쓰러져 버렸다.

　주인 여자는 이모가 병에 걸린 것 같다고 말했다. 나는 이모의 단식을 알고 있었지만, 주인 여자는 전혀 눈치 채지 못하고 있었다. 주인 여자는 닭이 병에 걸려도 대수롭지 않게 여기며 곧 나을 것이라고 생각했다.

　또다시 새벽이 되자, 주인 여자는 여느 날과 마찬가지로 이모를 닭장에서 잡아채 알둥지로 밀어 넣었다.

　저녁나절이 되어서야 주인 여자는 이모를 알둥지에 가둬

놓은 일이 생각났는지, 허겁지겁 둥지 문을 열고는 욕을 마구 퍼부었다.

"넌 하루 종일 드러누워서 알도 낳지 못한 주제에 뭘 잘했다고 거드름이냐?"

하지만 이모는 꼼짝도 하지 않았다. 손을 뻗어 닭장에서 이모를 꺼내려던 주인 여자가 화들짝 놀라더니 후다닥 손을 뺐다. 이모의 몸이 싸늘히 식어 있었던 것이다. 이모는 돌처럼 딱딱하게 굳어 있었다.

주인 여자는 이모가 몹쓸 병에 걸렸다고 생각했다. 하긴, 닭이 단식을 해서 죽었다고는 절대로 생각지 못할 테니까.

주인 여자는 이모의 시체를 끄집어내 마당에 던져 버렸다. 시체가 마당에 떨어지면서 둔탁한 소리를 냈다. 나는 비통함을 참지 못해 목을 길게 빼고 꺽꺽거리며 울었다. 주인 여자는 그 소리를 듣고 방 안에서 고래고래 욕을 해 댔다.

"어떤 죽일 놈의 닭이 밤에 울어 대는 거야?"

그 울음은 단지 기상을 알리는 새벽 울음이 아니었다. 칠흑 같은 밤중에 가슴으로 우는 소리였다.

수평아리
수난 시대

세 발가락이 도망친 후 남은 수평아리는 다섯 마리였다. 그런데 얼마 지나지 않아 네 마리로 줄고 말았다. 한 마리가 말발굽에 밟혀 죽었기 때문이다.

며칠 전 큰 수레를 끄는 말이 길가에 멈춰 선 채 주인이 수레에 양식을 싣는 것을 기다리고 있었다. 그때 수평아리 한 마리가 말의 배 아래쪽 땅바닥에서 초록빛 메뚜기를 발견했다. 수평아리는 한참 동안 멈칫거렸다. 메뚜기를 잡아먹으려면 말의 다리 사이로 들어가는 위험을 감수해야 했기 때문이다. 함부로 움직였다가 튼튼하고 딱딱한 말발굽에 언제 밟힐지 모를 일이었다. 바로 그때, 말이 눈을 슬며시 감았다. 잠시 휴식을 취하는 모양이었다. 수평아리는 기회가 왔다는 생각에 펄쩍 뛰어올라 말의 사이로 달려 들어갔다.

그런데 그 순간, 메뚜기가 폴짝 뛰어 말의 뒷발 위로 날아가 앉았다. 수평아리는 잠시 숨을 고른 뒤, 메뚜기가 앉은 곳을 정확히 겨눈 다음 단박에 뛰어올라 확 물었다. 그런데 날카로운 부리로 녀석을 힘껏 물다가 그만 말의 발을 쪼고 말았다. 말은 깜짝 놀라 눈을 부릅뜨며 뒷다리를 번쩍 들더니, 말발굽으로 병아리를 밟아 납작하게 만들어 버렸다. 수평아리가 입에 문 메뚜기를 미처 삼키기도 전에 일어난 일이었다.

그래서 수평아리는 네 마리만 남게 되었다. 오래지 않아 나는 그들이 마음속에 각자 딴 생각을 품고 있다는 사실을 알았다. 수평아리들은 단지 얘기를 나눌 때에도 신경전을 벌였고, 서로 몸이라도 닿을라치면 으르렁대며 당장이라도 맞붙을 기색을 보였다.

그중 한 마리는 다리가 정말 굵었다. 내 다리의 두 배는 족히 되어 보였다. 녀석의 발바닥이 땅에 닿을 때마다 쿵쿵거리는 소리가 울렸고, 모이는 걸신이라도 들린 듯 허겁지겁 먹어 치웠다. 주인 여자가 모이를 주려고 마당에서 우리를 부르면 제일 먼저 달려가는 병아리가 바로 그 '굵은 다리'였다.

내가 일 분 안에 옥수수 알을 마흔 개 남짓 먹을 수 있다면, 굵은 다리는 일흔 개도 넘게 먹어 치웠다. 씹어서 배 속에 넣는 게 아니라 그대로 삼켜 다리로 보내는 게 아닌가 싶을 정도였다.

하얀 깃털이 굵은 다리에게 밟힌 적이 딱 한 번 있었다. 다들 모이를 먹느라 머리를 박고 있어서 다른 것에 신경 쓸 겨를이 없을 때였다. 하필이면 그때 굵은 다리가 하얀 깃털의 몸통을 짓밟았다. 하얀 깃털은 날카로운 비명을 지르며 공중으로 삼십 센티미터가량 펄쩍 뛰었다. 하얀 깃털은 굵은 다리가 수탉 무리에서 중량급 적수에 속한다는 사실을 알고 있었기에 감히 녀석을 건드리지는 못했다.

나 역시 굵은 다리를 무시할 수 없는 수탉이라 생각했다. 그래서 가능한 한 녀석과 충돌하지 않으려 했다. 그러나 세상일은 누구도 알 수 없는 법. 그렇게 건장한 녀석이 먹을 것 때문에 비명횡사하게 될 줄이야. 식탐이 너무 많아 물불 안 가리고 먹으려 들다가 결국은 죽음을 맞았다.

굵은 다리는 쥐약이 든 음식을 먹고 말았다. 쥐를 홀리려고 쥐약을 섞어 놓은 울긋불긋한 음식에 그만 속아 넘어가고 만 것이었다. 녀석이 죽어 가는 모습은 정말 끔찍했다. 목을 쭉 빼고 헐떡거리며 숨을 제대로 쉬지 못했다. 입으로는 흰 거품을 뿜어 대면서. 하늘을 노려보던 녀석의 흰 눈동자가 마치 소의 그것처럼 느껴졌다.

굵은 다리가 죽고 나자 하얀 깃털은 이전에 비해 한결 여유로워 보였다. 가장 강력한 경쟁자 중 하나가 줄어들어 긴장이 풀렸기 때문이리라.

이제 남은 수평아리는 세 마리였다. 하얀 깃털은 알게 모르게 나와 경쟁했다. 녀석의 눈은 늘 등 뒤에서 나를 응시하고 있었다. 내가 녀석의 눈을 똑바로 마주보면, 녀석은 슬쩍 눈을 돌려 다른 곳을 보았다.

어느 날 이웃집 주인이 자기네 집 창문 틀에 페인트칠을 하고 있었다. 푸른색 페인트가 눈부시게 아름다웠다. 이웃집 주인은 창틀을 다 칠한 뒤, 남은 페인트가 든 통을 마당 모서리에 놓아두었다. 나는 페인트 통에 가까이 다가가 그 안에서 풍기는 이상한 냄새를 맡아 보았다.

이웃집 창틀에 새로 칠한 페인트가 채 마르기도 전에 우리 집 수평아리들 가운데 또 한 마리가 줄었다. 나와 하얀 깃털은 그 병아리가 어디로 갔는지 짐작조차 할 수 없었다. 도대체 그 녀석이 어디로 갔단 말인가? 멀쩡한 두 발과 날개를 지니고도 사람들이 자신을 잡아가도록 가만히 있었단 말인가?

또 한 마리가 사라지자, 하얀 깃털은 흥분을 감추지 못했다. 조급해진 주인 여자는 여기저기 돌아다니며 조사를 하기 시작했다. 반쯤 자란 수탉은 특별한 일―예를 들면 사람들이 훔쳐가서 잡아먹는 일—이 생기지 않는 한 잃어버리는 일이 거의 없기 때문이다. 반쯤 자란 닭은 육질이 좋고 영양이 풍부해 그것만 즐겨 먹는 사람들이 부쩍 많아졌다고 한다.

주인 여자는 잃어버린 수평아리를 끝내 찾지 못했다. 그녀는 이웃집 닭장 속을 힐끗 쳐다보는 것만으로도 우리를 찾아낼 수 있었다. 우리는 표시가 명확했다. 목덜미에 많든 적든 모두 흰 깃털이 띠를 두른 듯 나 있었기 때문이다.

주인 여자는 투토와 토자우까지 데리고 사흘 동안 마을을

샅샅이 뒤지며 수평아리를 찾아보았다. 산기슭과 도랑, 그리고 버려진 우물 속까지 들여다보았지만 헛수고였다. 나 역시 수평아리 한 마리가 사라진 것이 의아하기만 했다. 대체 어디로 사라진 걸까?

삶은 가끔 이렇게 황당하다. 일주일이 지난 어느 날, 나는 뜻밖에도 이웃집 닭 무리 속에 살고 있는 그 녀석을 발견하였다. 그런데 어떻게 주인 여자의 눈을 감쪽같이 피할 수 있었을까?

내 눈에 띄었을 때, 녀석은 머리와 목이 온통 푸른색 페인트로 염색되어 있었다. 그것이 바로 수수께끼를 푸는 열쇠였다. 하지만 나는 한눈에 녀석을 알아봤다. 녀석은 내가 자기

를 처다보고 있는 것을 눈치 채고는 잽싸게 이웃집 닭 무리 속으로 몸을 숨겼다. 내가 불렀는데도 못 들은 척을 했다. 나는 당장 가까이 다가가 녀석에게 말했다.

"나는 널 알아볼 수 있어. 아무리 페인트로 감춰도 알아볼 수 있다고!"

녀석은 여전히 한 마디도 하지 않았다. 벙어리 행세를 하는 것 말고는 딱히 뾰족한 수가 없었던 모양이었다.

내가 물었다.

"너, 왜 남의 집 닭들하고 섞여 사는 거야? 그쪽이 우리보다 더 좋아? 대체 무슨 생각을 하는 거야?"

녀석은 마침내 고개를 들어 나를 보며 비굴한 표정으로 말했다.

"그래, 맞아. 네가 제대로 봤어. 나는 그동안 사는 게 너무 무서웠어. 그게 이유야."

"뭐라고? 도대체 뭐가 무섭다는 거야? 우리의 지난 생활이 어때서?"

"생각해 봐. 그렇게 많던 수탉들이 하나 둘 우리 곁을 떠났잖아. 정말이지 앞으로 살아갈 일이 두려워. 내가 누구처럼 살아야 할지, 또 얼마나 살지 잘 모르겠어서. 그동안 너무 힘들었거든."

"그게 바로 우리 닭들의 운명이야. 네가 어디를 가든 그건 마찬가지야."

"지금은 하루를 보내면 오늘도 무사히 잘 지냈구나, 하고 생각해. 나는 그렇게 하루하루 편하게 살고 싶을 뿐이야."

녀석은 흐릿한 눈빛으로 담담하게 말을 이었다. 그러더니 나에게 부탁을 했다.

"나에 대해 말하지 말아 줬으면 좋겠어. 주인이 이 일을 알게 되면, 이리로 찾아와 싸움을 걸 거야."

겁에 질린 수평아리에게 나는 그렇게 하겠다고 대답했다. 그러고는 녀석에게 당부했다.

"다른 집에서 살더라도 몸조심해."

녀석은 나에게 다가와 몸을 부비며 마음을 전했다.

"고마워."

나는 녀석이 낯선 집으로 들어가는 모습을 차마 지켜볼 수가 없었다. 울음이 터져 나오려는 것을 간신히 참았다.

우리 토종닭 가족에게 남은 어린 수탉은 이제 나와 하얀 깃털, 단 두 마리뿐이었다. 어느 날 하얀 깃털이 다가오더니 뜬금없이 사라진 수탉에 대해 말을 했다.

"나, 없어진 그 녀석이 지금 어디에 있는지 알 것 같아."

나는 속으로 흠칫 놀라 고개를 들고 하얀 깃털을 빤히 바라보았다. 솔직히 말하면 이제 하얀 깃털은 만만하게 상대할 수 있는 녀석이 아니었다. 녀석은 종종 나를 불안하게 했다.

나는 일부러 무심한 척 대꾸했다.

"사라진 지 오래된 데다 주인 여자도 찾지 못했는데, 어디에 있는지 네가 어떻게 알아?"

"너, 이웃집 닭들 중에서 푸른색 페인트칠을 한 녀석 봤지? 목 언저리에만 칠을 하고 다니는 녀석 말이야. 그 녀석이 바로 없어진 수탉이야. 틀림없어, 바로 그 녀석이야! 당장 가서 확인해 봐. 녀석이 페인트로 우리의 표지를 지운 거야. 아무도 자기를 알아보지 못하게. 흥, 그럼 내가 못 알아볼까 봐? 내 눈은 못 속여!"

"떠들지 마. 네가 틀림없이 잘못 봤을 거야!"

하얀 깃털은 확신에 찬 목소리로 다시금 말했다.

"틀림없이 그 녀석이야. 내가 잘못 봤을 리 없어!"

나는 고개를 절레절레 흔들며 중얼거렸다.

"아휴, 이 꼴통하고는 정말 말이 안 통해."

하얀 깃털은 그 자리에서 펄쩍펄쩍 뛰었다.

"진짜 모르겠어? 못 알아보겠느냐고?"

나는 짐짓 그 자리를 떴다. 더 이상 하얀 깃털의 말에 휘말리고 싶지 않았다. 녀석은 그 사실을 주인 여자에게 알리려고 했다. 그러나 표현할 방법을 찾지 못했다. 근본적으로 사람과 의사소통을 할 줄 모르는 녀석이니까.

얼굴과 목에 페인트칠을 한 어린 수탉은 이웃집 닭들에 묻혀 편안하게 살고 있었다. 이웃집 주인은 자기 집 닭이 한 마리 늘어난 것을 알고 속으로 기뻐했다. 하긴, 자기 집 닭이 늘어나는 걸 마다하는 사람이 있을까마는.

그 후로 나는 종종 이웃집 닭들 속에서 그 어린 수탉을 찾아보곤 했다. 녀석도 나를 알아보았다. 그러나 우리는 서로 아는 척을 하지 않았다. 그저 눈빛만 주고받을 뿐이었다.

딱히 새삼스러운 얘기는 아니지만, 하얀 깃털은 훗날 우리 가족의 우두머리가 되겠다는 마음이 나보다 훨씬 강했다. 언제부터인지는 모르겠지만, 하얀 깃털은 배가 부르게 먹고 마시고 난 뒤, 사람들이 많이 지나다니는 길로 달려가곤 했다. 그러고는 고개를 뱅뱅 돌려 가면서 땅에다 부리를 갈아 댔다. 뭔가 단단히 벼르고 있는 모양이었다.

아빠는 녀석의 이런 행동을 목격하고 나를 조심스럽게 일깨웠다.

"앞으로 하얀 깃털과 부딪칠 일이 생기면 녀석의 부리를 조심해야 한다. 네 부리보다 훨씬 단단하고 날카로우니까."

아빠는 나를 무척 걱정하고 있었다. 나는 아빠에게 걱정하지 말라며 안심시키려 했다.

아빠가 말했다.

"어떻게 걱정을 안 하겠니? 하얀 깃털, 그 녀석은 절대로 착한 놈이 아니야. 녀석이 오랫동안 치밀하게 준비해 오고 있다는 걸 명심해라."

모두들 풀밭 위에서 놀고 있던 어느 날 오후, 나는 저 멀리 나무 아래에 누워 있는 검둥개 한 마리를 지켜보고 있었다. 그 검둥개에게는 뭔가 특별한 구석이 있었다. 우리가 풀밭에서 놀고 있을 때면, 나무 아래에 누운 채 귀를 쫑긋 세우고 우리를 물끄러미 바라보곤 했다.

우리가 마당으로 돌아가려 하면, 자리에서 일어나 못내 아쉬운 듯한 표정으로 몸에 묻은 흙을 털었다. 그러고는 내키지 않는 발길로 집으로 향했다. 그렇지만 하얀 깃털은 나무 아래에 누워서 우리를 주시하고 있는 검둥개의 존재조차 의식하지 못했다.

어느 날, 하얀 깃털이 풀벌레 한 마리를 쫓고 있었다. 풀벌레가 긴 다리로 펄쩍 뛰어 멀리 달아났다. 하얀 깃털은 그것을 쫓아 나무 아래까지 달려갔다. 녀석이 막 벌레를 잡으려는 찰나, 그곳에 누워 있던 검둥개가 험상궂은 표정으로 일어나더니 눈을 부릅뜨고 하얀 깃털에게 달려들었다.

그 순간 하얀 깃털은 놀라울 정도로 잽싸게 반응했다. 녀석은 검둥개가 자기를 향해 달려오는 것을 보자마자 헬리콥터처럼 날개를 펴고 제자리에서 날아올랐다. 그러고는 곧장 떨어지면서 날카로운 두 발톱과 부리로 검둥개의 얼굴을 할퀴었다.

검둥개는 "깨갱!" 하며 비명을 질렀다. 어린 수탉이 이렇게 훈련이 잘 되어 있을 줄은 꿈에도 상상하지 못했을 것이다. 잘 피하긴 했으나 하얀 깃털 역시 심하게 놀랐는지, 검둥개와 멀찌감치 떨어진 뒤에도 온몸의 털을 꼿꼿이 세우고 있었다. 옆에서 보니, 공포에 질려 온몸을 부들부들 떨고 있었다.

다음 날 저녁, 하얀 깃털은 집으로 돌아오지 않았다. 이상한 일이었다. 녀석이 보이지 않자 불길한 생각이 들었다.

'하얀 깃털이 끼니를 거르다니, 있을 수 없는 일이야. 설마 무슨 일이 생긴 건 아니겠지?'

나는 걱정스러운 마음에 울타리 위로 올라가 멀리까지 바라다보았다. 그러나 아무것도 보이지 않았다. 날은 벌써 캄캄해지고 있었다.

아빠가 높은 울타리 위에 서 있는 나를 보며 물었다.

"무슨 일이냐?"

"하얀 깃털이 돌아오지 않았어요."

내 대답에 아빠는 잠시 영문을 모르겠다는 듯한 표정을 지었다.

"너, 정말 착하구나."

"왜 그런 말씀을 하세요?"

"하얀 깃털이 지금 너의 유일한 경쟁자라는 것쯤은 분명 알고 있을 텐데, 녀석이 저녁에 돌아오지 않았다고 그렇게 걱정을 하니 말이야."

"제가 잘못하고 있는 건가요?"

"잘 모르겠다. 나도 너희 둘 사이에 일어난 일은 겪어본 적이 없어서……. 뭐라고 말해야 좋을지 모르겠구나."

주인 여자가 우리를 닭장 속에 몰아넣을 때였다. 집 뒤에서 귀에 익은 소리가 들려왔다. 허스키한 목소리를 내며 누군가 몸부림을 치고 있는 듯했다. 다른 닭들이 들었다면 바람 소리라고 했겠지만, 나는 곧바로 밤이 되어도 돌아오지 않는 하얀 깃털을 떠올렸다.

대문은 굳게 닫혀 있었다. 나는 울타리 위로 푸드득 하고 날아오른 뒤 마당 밖으로 내려갔다. 주인 여자는 무슨 일이 일어났는지도 모른 채 소리를 꽥 질렀다.

"아니, 저게 뭐 하는 거야? 정신이 나갔군. 밤도 깊었는데 어디를 가려는 거야? 투토, 토자우, 어린 수탉 한 마리가 달아났어. 어서 가서 잡아 와!"

하얀 깃털까지 닭이 두 마리나 없어졌는데 아직 그것도 모르냐고 따져 묻고 싶었다. 하지만 나는 꾹 참고 희미하게 들리는 소리를 따라 집 뒤쪽으로 갔다. 집 뒤 얕은 도랑가에 하얀 깃털이 누워 있었다. 녀석의 몸은 온통 진흙과 피로 범벅이 되어 있었다.

하얀 깃털은 내가 온 것을 보고도 아무런 소리를 내지 못한 채 바르르 떨고만 있었다. 한참 만에야 간신히 입을 열더니 그날 오후 동네 사내아이들이 쏜 공기총에 맞았다고 했다. 아이들이 새를 맞히지 못한 데 대한 화풀이로 하얀 깃털을 향해 총을 두 발이나 쏘았다는 것이다. 한 발은 날개에, 다른 한 발은 목에 맞았다고 했다.

"두 군데나 총을 맞고도 죽지 않았다니……. 목숨 한번 되게 길다."

안심이 된 내가 가볍게 빈정댔지만, 하얀 깃털은 조금도 개의치 않고 매달렸다.

"빨리 구해 줘. 나, 죽고 싶지 않아."

"내가 돌아가 주인 여자를 데리고 올게."

하얀 깃털은 내가 간다는 말에 화들짝 놀라며 소리쳤다.

"나를 혼자 두고 가지 마. 검둥개가 피 냄새를 맡고 나를 찾아낼지도 몰라."

"정말?"

사방을 둘러보니 정말로 그리 멀지 않은 곳에서 번득이는 두 개의 눈빛이 보였다. 그 눈빛은 어둠을 뚫고 우리 쪽으로 다가오고 있었다. 캄캄한 어둠 속에서 검둥개의 두 눈이 형형히 빛나고 있었다.

"하얀 깃털, 네 말이 맞았어. 녀석이 왔어."

하얀 깃털은 부끄러움이나 체면 따위는 다 잊었는지 몸을 데굴데굴 굴려 내 몸 아래에 바짝 붙었다.

"가지 마! 절대로 가면 안 돼."

"내가 언제 널 여기다 버려두고 간다 그랬어?"

"녀석은 날 덮치려고 온 거야. 기회를 기다리는 거라고. 네가 지켜보고 있어야 해."

그 순간 내가 할 수 있는 일은 어둠 속에서 길게 울음을 뽑아 내는 것뿐이었다. 귀가 있는 동물이라면 누구나 내 목소리를 들을 수 있을 테니까. 칠흑같이 캄캄한 밤에 닭이 울면 사람들이 깜짝 놀랄 것이 분명했다.

나는 주인 여자를 부르기 위해 소리를 냈다. 내 목소리가 밤공기를 길게 갈랐다. 다행히 주인 여자가 내 울음소리를 들었다. 마침 멀지 않은 곳에서 우리를 찾고 있다가 곧장 달려와 검둥개를 멀리 쫓아내었다. 나는 하얀 깃털을 안고 집으로 돌아가는 주인 여자의 뒤를 졸졸 따라가면서 큰일을 해냈다는 생각에 스스로 뿌듯해 했다.

하얀 깃털의 목에 난 상처는 다행히도 찰과상에 그쳤다. 그러나 날개 쪽은 상처가 심했다. 혈관까지 뚫고 들어간 상처에서 꽤 많은 양의 피가 흘렀다.

주인 남자는 하얀 깃털을 끌어안고 전등불에 이리저리 비춰 보더니 녀석의 날개에 박힌 총알을 빼냈다. 녀석은 통증으로 온몸을 부르르 떨었다. 나는 창밖 문턱에 서서 방 안을 들여다보았다. 아픔을 잘 참고 있는 하얀 깃털이 제법 용감해 보였다.

이틀 뒤, 하얀 깃털은 풀밭을 왔다 갔다 할 수 있을 정도로 회복되었다. 역시 녀석의 생존 능력은 다른 닭들에 비해 탁월했다.

하얀 깃털이 사고를 겪고 난 후, 나는 녀석과 나 사이의 긴장이 좀 풀렸다고 생각했다. 결투의 기운이나 경쟁 같은 긴박감은 사라지고, 여름날 태양이 내리쬐는 풀밭에서 풍길 법한 온화한 기운이 감돌 것이라 짐작했다.

그러나 내 생각은 완전히 빗나갔다. 나는 내가 토종닭이라는 사실을 잠깐 잊고 있었다. 토종닭이 그렇게 아름다운 감상에 젖는다는 것 자체가 사실 말이 안 되었다. 틀려도 한참 틀

렸다. 우두머리가 되려면 나처럼 자비롭거나 선량해서는 안 되었다. 우두머리 닭은 단호한 신념을 갖추어야 할 뿐 아니라 자신이 천하제일이라는 생각을 가지고 있어야 했다. 우두머리에게 2등은 죽음을 의미할 뿐이었다.

어느 날 이른 새벽, 아빠가 새벽 울음을 울고 난 뒤 나도 높은 볏단 위에 서서 목소리를 가다듬었다. 내 소리는 이전에 비해 약간 굵어졌으며, 낮게 울리는 소리도 꽤 좋아져 있었다. 내가 소리를 낼 때면, 아빠는 머리를 비스듬히 기울인 채 한참 동안 나를 바라보곤 했다. 나는 그 시간이 참 좋았다.

그날은 상처가 거의 나은 하얀 깃털이 볏단 아래에 서서 나를 쳐다보고 있었다. 녀석의 눈빛은 그리 우호적이지 않았다. 내가 우는 소리를 들으면서 끊임없이 다리를 바꾸는 품이 뭔가 마음속으로 복잡한 생각을 하고 있는 것이 틀림없었다.

나는 녀석이 왜 그런 눈빛으로 나를 바라보는지 알 수가 없었다. 그래서 볏단에서 뛰어내려 대뜸 이렇게 물었다.

"너, 왜 그래?"

"별일 아냐."

"기분이 별로 안 좋은 것 같은데."

"너도 알다시피 나는 목에 난 상처 때문에 당분간 소리를 낼 수가 없어. 그런데 너는 하필 이럴 때 볏단 위에서 그렇게 누굴 홀리듯 목소리를 가다듬어 외치는 거냐? 주인 여자에게 주목받으려는 속셈이지?"

나는 녀석의 옹졸한 생각에 화가 치밀었다.

"내가 누굴 홀린다고? 너, 어떻게 그런 생각을 할 수 있냐? 이게 홀리는 거야? 너, 제대로 알아 둬. 이건 우리 수탉의 생활 습관이야. 우리는 어릴 때부터 새벽에 소리를 지르고 싶어 했잖아. 너도 수탉이니까 마찬가지일 거 아냐? 그런데 어떻게 그걸 홀린다고 말할 수 있어?"

하얀 깃털은 말문이 막혔지만 끝까지 지지 않으려고 한마디 했다.

"나는 네가 우는 게 싫어."

그 순간 나는 마음이 서늘해졌다. 상처도 다 아물지 않은 녀석이 벌써부터 경쟁 상태로 돌입하고 있을 줄은 상상도 하지 못했다. 하얀 깃털은 냉혈 수탉인 게 틀림없었다. 몸에 핏자국이 채 마르기도 전에 전투 자세를 취하고 있다니.

나는 녀석의 기억을 되살려 주고 싶었다. 불과 며칠 전에 두 발의 총알을 맞고 도랑에 처박혀 피를 철철 흘렸다는 사실을 일깨워 주어야 할 것 같았다.

"하얀 깃털, 지금 네 모습을 보니 네가 많은 일들을 잊어버린 것 같다."

"잊긴 뭘 잊어?"

"며칠 전, 네가 도랑에 누워……."

"며칠 전에 내가 어쨌다고? 지난 일을 끄집어내서 대체 뭐 하자는 거야?"

"불과 며칠 전엔 금방이라도 죽을 것 같더니, 벌써 다 잊은 거니?"

"내가 언제 죽을 것 같았어? 내가 죽기를 바란 건 너였지.

그래, 맞아. 내가 죽으면 수탉 중에서 너 하나만 남잖아! 적수가 없으니 얼마나 손쉽게 토종닭의 우두머리가 되겠어? 실컷 먹고 마시며 뭐든 마음대로 할 수 있겠지. 얼마나 좋겠어!"

 하얀 깃털이 이렇게 말하며 방방 뜨는 걸 보니, 목의 상처가 다 나은 모양이었다. 녀석의 억지에 나는 할 말을 잃었다. 무슨 말을 더 할 수 있으랴.

아빠가 사라졌다!

얼마 전부터 아빠와 나는 같은 마당에서 살았지만 같은 닭장 안에서 자지는 않았다. 아빠는 암탉들을 거느린 채 낡은 닭장에 머물렀고, 아직 덜 자란 우리는 주인이 새로 만들어 준 닭장에서 잤다. 하얀 깃털은 오래전부터 아빠 같은 큰 닭들을 노인네, 낡은 목도리, 허스키, 느림보, 철면피 등 여러 가지 별명으로 불렀다.

어느 날, 내가 하얀 깃털에게 말했다.

"너도 언젠가 늙을 거야."

"웃기지 마. 내가 비틀거리며 걷는 날이 오면 나무에 머리를 콱 박고 죽어 버릴 테니까."

큰 닭들은 한 번도 우리가 사는 새 닭장으로 오지 않았다.

낡은 닭장에 길이 들어서일까. 딱히 불편해 하는 것 같지도 않았다. 오래되어 냄새가 풀풀 나는 닭장이지만 익숙한 분위기와 따뜻한 기운 덕분에 편안함을 느끼는 듯했다.

　나는 낡은 닭장에 가 본 적이 있다. 천장이 낮은 데다 좁아서 서로 부대끼며 살아가는 모습이 몹시 답답해 보였다. 낡은 지붕에는 허름한 기와들이 서로 얼기설기 엮여 있었는데, 비라도 오는 날엔 깨진 기와 사이로 빗물이 뚝뚝 떨어지곤 했다. 그럴 때면 닭들이 비를 피해 양끝으로 몰리는 바람에, 그

렇지 않아도 좁은 닭장이 더욱 비좁아졌다. 이런 상황이다 보니 서로 붙어 살면서 친근감을 느낄 수는 있겠지만, 좁은 닭장 안에서 밀치락달치락하는 모습이나 진동하는 지린내는 솔직히 참기가 힘들었다.

새로 만든 닭장은 널찍했기 때문에 닭끼리 부대낄 필요 없이 여유롭게 지낼 수 있었다. 나는 가끔 마음이 답답하고 울적해지면 다른 닭들에게 말이나 붙여 볼까 하고 다가가보곤 했다. 그러면 닭들은 대개 귀찮다는 듯 피해 버렸다. 그럴 때면 나는 한없이 외로워졌다.

새 닭장 안에서 나와 하얀 깃털은 언제나 일정한 거리를 유지했다. 사실 우리의 마음은 실제 거리보다 더 멀었다. 하얀 깃털이 닭장의 오른쪽을 차지하면 나는 어떻게든 왼쪽을 확보해야 했다. 따져 보면 모든 게 분명했다. 하나의 산에 두 마리 호랑이가 살지 못하듯, 한 닭장에 두 마리 수탉이 존재할 수는 없는 노릇이었다. 나와 하얀 깃털 중 하나는 조만간 영원히 이 닭장을 떠나야 할 터였다.

밤사이 비가 많이 내렸다. 나는 비가 새고 있을 낡은 닭장을 떠올렸다. 비는 밤새도록 쏟아지더니 아침이 되어서야 가까스로 멎었다. 새벽 울음을 마치고 볏단 위에서 내려오는 아빠의 깃털이 흠뻑 젖어 있었다.

"주인이 왜 낡은 닭장을 수리하지 않는 걸까요?"

"이미 새 닭장이 있지 않니?"

나는 아빠가 내 말뜻을 제대로 이해하지 못한 것 같아서 다시 물었다.

"아빠가 사는 닭장 말이에요, 비가 이렇게나 새는데 좀 고쳐야 하지 않을까요?"

"네가 내 말을 못 알아듣는구나. 낡은 닭장은 얼마 안 가 못 쓰게 될 거란다. 큰 닭들도 마찬가지고. 얼마 뒤면 쓸모없어지는 늙은 닭들을 위해 주인이 닭장을 수리해 주겠니? 늙은 암탉들은 내년이면 알을 낳지 못하게 돼. 나도 늙었고. 이제 체력이 너희만 못해. 이것이 바로 낡은 닭장을 수리해 줄 필요가 없는 이유란다."

나는 아빠의 말이 무얼 뜻하는지 그때는 완전히 이해하지 못했다.

어느 날, 평소보다 조금 늦게 닭장에서 나왔더니 마당에 벌써 햇살이 가득 차 있었다. 이상하게도 그날따라 닭들이 모두 늦게 일어났다. 나는 닭들에게 물었다.

"너희, 새벽 울음 소리를 듣지 못했니?"

다들 고개를 끄덕였다. 모두 울음소리를 듣지 못했다는 것이다. 정말 이상한 일이었다. 무슨 일이 난 게 틀림없었다. 나는 당황해서 허겁지겁 밖으로 뛰어나갔다. 풀밭으로 가 보니 핏자국과 깃털이 보였다. 어째서 그곳에 핏자국이 있는지 알 도리가 없었다. 나는 피 묻은 깃털을 유심히 살펴보았다. 색깔과 모양으로 보아 아빠의 몸에서 떨어진 것이 분명했다. 게다가 여태까지 한 번도 본 적 없는 황금색 털도 주변에 함께 떨어져 있었다.

무슨 일이 일어났구나. 틀림없이 큰일이 생긴 거야. 나는 부랴부랴 아빠를 찾았지만 그 어디에도 보이지 않았다. 아빠가 새벽 울음을 울지 않아 우리 모두가 늦게 일어난 것이었다.

그때 주인 여자가 방 안에 있는 남편을 불렀다.

"여보, 빨리 일어나 봐요. 닭 세는 것 좀 도와줘요. 어제 저녁에 어떤 놈이 우리 집 닭장을 침범했나? 늙은 수탉이 안 보여요. 아침에 우는 소리도 없었잖아요!"

아빠가 사라졌다. 늙은 암탉들의 얼굴에 당황한 빛이 역력했다. 충격이 심했는지 말도 제대로 하지 못했다. 그저 "꼬꼬꾸꾸" 하고 외국어를 하듯 알 수 없는 말을 중얼거릴 뿐이었다. 나는 늙은 닭들의 두서없는 말을 들으며 어젯밤에 무슨 일이 일어났는지 대충 짐작했다.

한밤중에 마당에서 이상한 소리가 났다고 했다. 그 소리에 겁이 난 늙은 암탉들은 모두 한구석으로 모였고, 아빠는 성큼성큼 걸어가 닭장 문을 막아섰다는 것이다. 닭장 문은 주인이 밖에서 잠가 놓기 때문에 누구도 안으로 들어올 수 없었다.

언젠가 동네에 사는 큰 검둥개가 몇 번이나 마당 안으로 들어와 닭장 문 밖을 어슬렁거리다 결국 돌아갔다는 얘기를 들은 적이 있었다. 그 검둥개는 이 집 저 집 닭장을 찾아 드나드는 것으로 악명이 높아, 자기 주인의 체면까지 깎아 내리고 있었다.

얼마 후, 주인 여자가 땅바닥에 떨어진 핏자국과 깃털을 발견하였다. 남편과 함께 황금색 털을 손바닥에 올려놓고 골똘히 생각에 잠기는 듯했지만, 어떤 짐승의 털인지 알아내지는 못했다. 그저 피를 좋아하는 짐승일 거라는 것 정도밖에는.

나는 핏자국을 따라 걸어가면서 가슴속에 두려움이 가득 밀려오는 걸 느꼈다. 땅 위에 있는 핏자국과 흩날리는 깃털로 보아, 아빠와 그 무서운 동물 사이에 참혹한 몸싸움이 벌어졌던 게 틀림없었다.

주인 여자의 분석에 따르면, 그 짐승은 낡은 닭장 지붕의 부서진 기와 틈새로 들어가, 캄캄한 어둠 속에서 아빠와 싸움을 벌였다. 결국 아빠의 거센 반항에 닭 사냥을 포기하고 천장에 난 구멍으로 달아나 버렸다. 그것을 증명이라도 하듯 닭장의 천장 주위에 있던 기와 조각이 크게 무너져 있었다. 아빠가 천장을 빠져나간 그 짐승과 용감하게 계속 싸움을 벌인 것이 분명했다.

온갖 추측을 다 마친 주인 남자가 결론을 냈다. 그는 신중한 어조로 족제비의 짓인 것 같다고 말했다. '족제비'라는 이름이 내 머릿속으로 처음 파고드는 순간이었다. 그 이름은 아빠의 핏자국과 싸움을 상징하는 이미지로 머릿속에 깊이 새겨졌다.

아빠의 핏자국은 도랑 앞에서 자취를 감추었다. 이리저리 살펴봤지만 아빠의 흔적을 도무지 찾을 수가 없었다. 나는 도

랑가에 멍하니 서 있었다. 가슴속에서 비통함이 끓어올랐다. 작은 단서라도 찾아보려고 안간힘을 썼다. 그러나 아무것도 보이지가 않아서 막막하기만 했다. 아빠는 살아 계실까?

도랑을 바라보며 막 울음을 터뜨리려 할 때, 건너편 울타리에 아빠의 몸에서 빠진 것 같은 깃털 하나가 눈에 들어왔다. 나는 날아서 도랑을 건넜다. 과연 아빠의 깃털이었다. 틀림없이 마당에서 풀밭까지 족제비와 싸우다 여기까지 왔을 터였다. 도랑물이 아빠의 핏자국과 깃털을 모두 씻어 간 듯, 그곳에서는 그 깃털 하나 말고는 어떤 흔적도 찾아볼 수가 없었다.

그때 마침 주인 남자의 목소리가 다시 들려왔다.

"늙은 수탉은 절대로 족제비의 적수가 될 수 없어. 족제비는 고기는 먹지 않고 목을 물어 피를 빨아먹는 동물이야. 놈이 수탉의 목을 물어뜯어 혈관을 끊는 데는 채 이 분도 걸리지 않아. 족제비한테 걸리면 닭은 백이면 백, 모두 죽은 목숨이지."

주인 여자가 말했다.

"수탉이 정말 불쌍해요."

거기까지 듣고 나자 슬픔이 끓어올라 목이 꽉 막혔다. 주인

남자가 고개를 숙여 내 눈을 보더니 이렇게 말했다.

"어, 이 어린 닭이 우는 것 같네."

주인 여자가 말했다.

"닭이 어떻게 울 수 있어요? 닭은 눈물이 없어요. 그게 뭘 안다고?"

그때 나는 하얀 깃털이 미소 짓고 있는 모습을 보았다. 기가 막히게도 녀석은 정말 웃고 있었다. 나는 목까지 차오르는 비통함을 꿀꺽 삼켰다. 하얀 깃털의 웃는 얼굴을 보면서, 내가 지금 슬퍼하고만 있어서는 안 된다는 것을 깨달았다.

하얀 깃털은 경쾌한 걸음으로 마당을 활보하며 콧노래까지 흥얼거렸다. 녀석은 아빠가 사라졌는데도 어째서 상심하지 않는 걸까? 아니, 오히려 기뻐하는 기색이 아닌가. 녀석은 아빠가 사라지기를 갈망하고 있었던 게 틀림없었다.

나는 하얀 깃털의 속셈을 읽는 순간 온몸에서 분노가 치밀어 올랐다. 더 이상 냉정할 필요도, 그럴 생각도 없었다. 나는 하얀 깃털에게 냅다 달려들어 녀석의 머리를 발톱으로 틀어쥐며 소리쳤다.

"어디 계속 노래를 불러 봐! 어서 불러! 왜 안 부르냐? 너, 우두머리가 될 생각이지? 아빠가 없으니 네가 우두머리가 되겠구나. 이렇게 빨리 될 줄은 꿈에도 생각 못했지?"

하얀 깃털은 얼굴에서 웃음을 거두고 반격했다.

"너, 나를 할퀴었어. 네가 우두머리가 못 되니까 나를 시기하는구나? 나를 이기지 못한다고 생각하니까 정신이 나가 버린 모양이로군!"

주인 남자는 나와 하얀 깃털이 느닷없이 싸우는 모습을 보더니 이렇게 말했다.

"어허, 이 두 녀석이 세력 다툼을 하네!"

이 말에 나는 상처를 받았다. 나는 권력을 바라거나 이익을 얻으려는 것이 아니었다. 하얀 깃털에 대한 분노와 너무 일찍 돌아가신 아빠 때문에 마음이 아팠던 것뿐이었다.

생각을 많이 한 탓에 긴장이 풀어져 잠깐 고개를 돌리는 순간, 나는 녀석에게 절호의 기회를 주고 말았다. 부리로 나의 목을 물어 고개를 돌리지 못하게 했다. 하얀 깃털이 기선을 제압했다.

그때 주인 여자가 말했다.

"하얀 깃털! 역시 하얀 깃털이야. 대단해."

내 눈에서 다시 눈물이 흘러내렸다. 나는 그저 어린 토종닭에 불과했다! 주인 여자가 나와 하얀 깃털을 갈라놓았다. 녀석은 아직 끝나지 않았다는 듯 나에게 경고를 하였다.

"너, 앞으로 조심해라. 내 앞에서 함부로 목덜미 털을 세우지 마!"

"우리는 이제 시작이야."

하얀 깃털은 그 자리에서 펄쩍 뛰었다.

"아직도 굴복하지 못하겠다는 뜻이야?"

"나는 지금껏 누구에게도 굴복하는 법을 배운 적이 없어!"

하얀 깃털은 눈을 부릅뜨고 나를 노려보았다. 어느새 녀석의 눈빛은 금방이라도 족제비가 나타나 내 피를 다 빨아먹기를 바라는 듯 잔인한 욕망으로 가득 차 있었다.

울타리에 걸린 그림자

　아빠가 사라진 그날, 나는 뱃속에 슬픔이 가득 차서 하루 종일 물 한 모금 넘기지 못했다. 더부룩한 느낌 탓에 뱃가죽이 터질 것 같았다. 나의 이런 모습을 가만히 지켜보던 룽룽은 더 이상 참지 못하고 내게 다가와 이렇게 말했다.

　"먹고 싶지 않더라도 좀 먹어."

　나는 냉랭하게 대답했다.

　"아빠가 지금 어디에 계시는지 알 수 있는 방법이 없을까? 돌아가셨다 해도 상관없어. 시체라도 찾고 싶어. 아빠가 나에게 못다 한 말을 들어야겠어. 가르쳐 주셔야 할 것들이 아직 얼마나 많이 남았는데……."

　룽룽이 나를 위로했다.

"네가 얼마나 마음 아플지 잘 알아. 그렇지만 네 앞에 남아 있는 세월이, 그리고 우리 모두의 앞날이 아직 창창하잖아!"

롱롱은 그렇게 말하면서 고개를 돌렸다. 슬픔에 잠긴 자신의 모습을 내게 보이고 싶지 않았던 것이다.

나는 고개를 끄덕였다.

"롱롱, 걱정 마. 먹을게. 나 때문에 너무 마음 아파하지 마."

롱롱은 고개를 돌려 나를 바라보았다.

"그래, 그렇게 해."

나는 풀밭으로 가서 벌레 한 마리를 찾아 입 안에 넣었다. 그렇지만 입맛은 전혀 없었다.

롱롱이 말했다.

"너무 조급해 하지 마. 차츰 입맛이 돌아올 거야."

진심으로 나를 걱정해 주는 롱롱. 그녀 덕분에 상처 입은 내 마음의 응어리가 조금씩 녹아 내리는 것 같았다.

롱롱은 시간이 지나면 모든 일들은 잊히게 마련이라고 했다. 하지만 나는 태어난 날부터 지금까지 일어난 모든 일들을 전부 기억하고 있다고 고백했다. 롱롱은 그것이 바로 내가 이상한 수탉인 까닭이라고 대꾸했다.

다음 날에도 여전히 식욕은 없었다. 나는 시선을 어디다 두어야 할지 몰라 멍한 얼굴로 힘없이 풀밭에 누워 있었다. 그러다 더 이상 못 견디겠다 싶을 땐 벌떡 일어나 미친 듯이 달렸다.

하얀 깃털은 이런 나를 주의깊게 살피고 있었다. 녀석은 내가 무슨 짓을 하려는지 전혀 갈피를 잡지 못했다. 평소와 너무 다른 내 모습에 불안해서 어쩔 줄 몰라 했다.

나는 온몸에 땀이 흐를 때까지 뛰고 또 뛰었다. 나를 둘러싼 모든 것을 모조리 잊고 싶었다.

저녁 무렵, 나는 침통한 심정으로 롱롱에게 말했다.

"아무리 애를 써도 잊을 수가 없어."

롱롱도 괴로운 듯이 말했다.

"너무 자책하지 마."

아빠가 사라진 지 사흘째 되던 날 밤, 나는 급기야 닭장 속에서 흐느껴 울었다. 롱롱이 다가와 말없이 몸을 기댔다. 그녀는 나를 어떻게 위로해야 할지 몰라 몹시 안타까워했다.

"도저히 잊을 수가 없어! 도저히! 아무리 노력해도 안 돼. 나는 이제 끝났어. 아무것도 할 수 없어!"

"너는 다른 수탉들과 달라! 너처럼 특별한 수탉이 어떻게 이렇듯 평범한 토종닭들 사이에서 지낼 수 있는지 정말 모르겠어."

나는 더욱 크게 흐느껴 울었다.

"아빠도 그러셨어. 방금 네가 한 말과 똑같은 말을 아빠도 하신 적이 있어."

"미안해. 내가 아빠를 떠올리게 만들었구나."

주인 남자는 낡은 닭장의 지붕에 있던 부서진 기와 몇 장을 갈았다. 잠자리에 들기 전, 닭장 문이 잘 잠겨 있는지도 반드시 확인했다. 또다시 무슨 일이 일어날까 봐 걱정이 되었던 모양이었다.

거의 매일 밤, 나는 심한 불면증에 시달렸다. 멀리서 아빠가 나를 부르는 듯 환청이 들리기도 했고, 정체를 알 수 없는

환각이 보이기도 했다. 쿵쿵은 모든 것이 심리적인 이유에서 비롯된다고 말했다. 하루 종일 한 가지 일만 생각하고 마음속에 담고 있으면, 그 고민의 씨앗이 싹트고 자라나 결국 불면증이 된다는 것이었다.

나도 내가 이렇게 망가져서는 안 된다는 것을 잘 알고 있었다. 내일 아침에는 반드시 먹을 것을 찾아내 뱃속에 집어넣어야지. 볏단 위에서 소리도 지르고. 내 목소리가 아주 멀리까지 울려 퍼지게 할 거야. 어쩌면 아빠가 내 소리를 듣게 될지도 몰라. 아빠가 영원히 깨어나지 못하는 상황이라 해도, 나는 아빠가 들을 수 있도록 소리칠 생각이었다. 나는 그만큼 아빠 생각이 간절했다.

먼동이 터 올 무렵, 나는 닭장 문 앞에 서서 주인 여자가 문을 열어 주기를 기다렸다. 하얀 깃털은 어두컴컴한 닭장 안에서 나를 지켜보고 있었다. 녀석은 내가 문 앞에 서 있는 것을 보고, 좁은 닭들 사이를 비집고 달려와 나를 밀쳐 냈다. 아빠가 사라진 사흘 동안, 하얀 깃털은 매일 볏단 위에 서서 듣기 괴로운 목소리로 울어 댔다.

녀석은 세대를 교체해야 할 때라며, 무엇보다 새벽 울음소리를 제일 먼저 고쳐야 한다고 떠들어 댔다. 다른 닭들이 어떤 식으로 바꾸어야 하는지 묻자, 그는 큰 목소리로 뻔뻔스럽게도 이렇게 대꾸했다.

"내 목소리처럼 바꾸면 되는 거야."

 주인 여자가 문을 열자, 하얀 깃털이 제일 먼저 달려나갔다. 볏단 위에 서서 소리를 내고 싶은 것일 터였다. 그것은 권력의 상징이었다. 그러나 닭장을 나선 하얀 깃털은 마당 밖으로 튀어 나가지 못하고 돌처럼 굳어 버렸다. 잠시 후에는 뒷걸음질을 치기 시작했다. 몸까지 부르르 떨면서. 왜 그러는지 의아해 하며 녀석의 시선을 따라가던 나 역시 덩달아 멍해지고 말았다.

 울타리 꼭대기에 뭔가가 보였다. 여명이 스며드는 울타리 위에 어렴풋하게 걸려 있는 그림자. 털이 다 빠져서 앙상하게 뼈만 남은, 작게 흔들리는 저 그림자의 정체는 도대체 뭘까? 그림자를 본 닭들은 소스라치게 놀라며 공포에 휩싸인 눈빛을 서로 주고받았다.

 나는 좀 더 자세히 볼 요량으로, 앞으로 세 걸음 정도 더 나아갔다. 하얀 깃털은 닭장 속에 몸을 웅크린 채 머리만 쏙 내밀고 밖의 동정을 살폈다.

 뼈다귀가 움직였다. 그러자 닭들이 황급히 뒤로 한 걸음 물러났다. 뼈다귀가 또다시 움직였다. 이번에는 한쪽 발을 들었다. 서 있기가 피곤해서 잠시 쉬려는 것 같았다. 그것은 살아 있었다. 뼈다귀가 아니었다. 숨이 붙어 있었다. 내 목소리가 떨려 나왔다.

"누, 구······세요?"

그는 몸을 부르르 떨었다. 그러나 그의 몸에는 털이 없었다. 나는 떨지 않으려고 애쓰며 목소리를 높였다.

"혹시 말할 수 있다면, 대답해 주세요. 누구세요?"

마침내 그가 내 말을 알아들은 듯했다. 그러나 많이 아픈 듯 고개를 흔들었다.

태양이 막 떠오르고 있었다. 우리는 날이 밝기를 기다렸다. 그래야만 더 명확하게 드러날 테니까. 뼈다귀의 머리 쪽 윤곽이 선명하게 드러났다. 나는 숨이 가빠지면서 머릿속이 어지러웠다.

낯이 익었다. 금방이라도 꺼질 듯한 그 눈빛······.

내 눈에선 이미 눈물이 흘러내리고 있었다.

"아빠죠? 아빠, 맞죠? 살아 계셨군요! 틀림없이 우리 아빠예요!"

그는 몸을 한번 떨었다.

"만약 아빠라면 고개를 한번 끄덕여 봐요. 말하고 싶지 않다는 거 알아요. 아니, 말을 못할 수도 있겠지요!"

그는 고개를 한번 끄덕였다. 나는 큰 소리로 불렀다.

"아빠!"

아빠의 목에서 무슨 소리가 났다. 웅웅거리는 소리가 꼭 선풍기가 돌아갈 때 나는 소리와 비슷했다. 그것은 내 물음에 대한 답이었다. 나는 아빠의 회답을 알아들을 수 있었다. 아빠의 목에서는 어떤 말도 나오지 않았지만 나는 아주 또렷하게 알아들을 수 있었다.

"아빠, 그동안 어디에 계셨어요? 얼른 내려와서 물도 마시고, 뭐라도 좀 드세요. 어서 이리로 내려오세요!"

그러나 아빠는 높다란 울타리에서 내려오고 싶어 하지 않았다. 나는 울면서 애원했다.

"아빠, 말해 주세요. 어쩌다 이렇게 되셨어요?"

아빠는 여전히 울타리에서 내려오지 않았다. 하얀 깃털은 닭장 안에서 뭔가를 골똘히 생각하더니, 내 곁으로 다가와 나지막이 물었다.

"누구야?"

"아빠야!"

하얀 깃털은 울타리에 걸려 있는 그림자를 보며 지껄였다.

"어떻게 그럴 수가 있지? 살아 있잖아? 어떻게 족제비 아가리에서 도망쳐 나왔을까? 그건 불가능해! 아빠가 아냐!"

하얀 깃털은 울타리 위에 있는 아빠를 다시 한 번 쳐다보고

울타리에 걸린 그림자

는 흠칫 놀라 멀리멀리 날아나 버렸다. 놀란 깃은 하얀 깃털만이 아니었다. 울타리 위 장작개비처럼 앙상하게 마른 물체가 아빠라는 것을 확인하는 순간, 주인 부부도 자신들의 눈을 의심했다.

주인 여자는 땅 위에 쌀을 수북이 뿌려 놓았다. 그런데도 아빠는 울타리 위에서 꼼짝하지 않았다. 참다 못한 주인 여자가 버럭 소리를 질렀다.

"말라서 뼈만 앙상하게 남아 가지고, 넌 배도 안 고프냐?"

주인 남자는 울타리 위를 한참 동안 지켜보더니 천천히 입을 뗐다.

"그냥 잠자코 있어. 사흘 동안 어떤 일을 겪었는지 알겠는데, 뭐."

나는 아빠의 목 아래 성대 쪽에 난 상처를 보았다. 피를 쏟은 듯, 핏자국이 잔뜩 말라붙어 있었다. 그 끔찍한 상처 때문에 아빠는 영원히 소리를 낼 수 없게 된 듯했다.

아빠는 어떻게 족제비의 손아귀에서 빠져나올 수 있었을까? 아무리 궁금해 해도, 아빠한테서 그 이야기를 듣는 건 평생 불가능하겠지. 아빠는 힘들었던 시간을 가슴에 묻은 채 서서히 삭여 나갈 것이었다.

하얀 깃털은 울타리 위의 그림자가 아빠라는 사실을 안 순간 곧바로 풀이 죽었다. 녀석은 아빠가 살아 돌아오리라고는 상상도 하지 못했다. 하얀 깃털은 아빠가 두려운 나머지 정면으로 바라보지도 못했다.

아빠는 더 이상 홰를 치며 울 수 없었다. 그러나 해가 떠오를 때면, 습관적으로 울타리 위로 올라가 동쪽을 바라보며 고개를 뒤로 젖혔다. 그러고는 목에 난 상처의 작은 구멍으로 바람 소리를 흘렸다. 아빠의 상처에서 나는 바람 소리를 듣는 순간, 나의 영혼은 매번 전율을 하였다.

하얀 깃털은 볏단 위에서 소리를 낼 생각 따위는 감히 하지 못했다. 녀석은 아빠의 형형한 눈빛에 주눅이 들어 숨조차 제대로 쉬지 못했다. 아빠는 주위에 위험이 없다는 확신이 설 때만 울타리에서 내려와 황급히 먹이를 삼키고, 재빨리 울타리 위로 다시 날아 올라갔다. 그리고 밤낮 없이 그곳에서 꿈쩍도 하지 않았다.

아빠가 있는 데는 울타리 중에서도 가장 높은 곳이었다. 아빠는 비스듬히 하늘을 향해 뻗은 통나무를 두 발로 꽉 붙잡고 있었다. 누구도 침범하지 못하는 울타리에서 넓디넓은 하늘을 배경으로 가만히 서 있는 아빠. 나는 아빠가 더 이상 어떤 공격도 없는 안전한 곳에 머물고 싶어 한다는 것을 알았다. 아빠는 이제 사소한 상처도 견뎌 내지 못할 것이었다.

주인 남자가 주인 여자에게 말했다.

"저 늙은 수탉 말이야, 이제 새벽에 울기는 그른 것 같아. 저 울타리에서 영영 내려올 것 같지가 않군."

주인 여자는 실망한 목소리로 말했다.

"당신 말이 맞다면, 저 녀석은 이제 쓸모가 없어진 거네요? 그럼 이제 좋은 사료를 줄 필요가 없겠군요. 다시 튼튼해지기를 기다릴 필요도 없고, 깃털이 나든지 말든지 상관할 필요도 없고."

주인 남자는 주인 여자의 말에 정색하며 대꾸했다.

"아냐. 저 수탉에겐 꼭 좋은 먹이를 따로 줘. 쓸모는 없어졌더라도 잘 키워 보고 싶어."

"왜요?"

주인 여자가 못마땅한 듯 물었다.

"잘 키워서 어디에 쓰려고요? 고기로 쓴다 해도 뼈만 앙상해 한입 거리도 안 되겠는데요. 피는 족제비가 다 빨아먹어 버렸고……."

그래도 주인 남자는 뜻을 굽히지 않았다.

"그래도 꼭 먹이를 줘. 숨을 쉬고 살려고 한다면, 먹을 수 있을 때까지 먹이를 주란 말야!"

"왜 그래야 해요?"

"아주 대단한 녀석이니까!"

저녁에 아빠는 모이를 조금 먹은 다음 다시 울타리 위로 올라갔다. 닭장 안에서 하얀 깃털이 느닷없이 물었다. 진작부터 궁금했던 것을 더 이상 참지 못하고 입 밖으로 꺼낸 것이었다.

"그는…… 곧 죽겠지?"

나는 하얀 깃털이 말하는 '그'가 누구인지 당연히 알았지만, 화를 누르며 그 말을 무시했다.

나는 닭장 안에서 다투고 싶지 않았다. 새 닭장이 비록 낡은 닭장보다 훨씬 넓었지만, 이곳에서 싸움을 벌일 생각은 전혀 없었다. 주인 여자가 이미 닭장 문을 밖에서 잠갔기 때문에 아무도 밖으로 나갈 수가 없었다. 일단 싸움을 시작하면, 수십 마리의 어린 암탉들이 편안히 잠을 잘 수 없게 될 터였다. 이미 충분히 고단하고 힘든 토종닭의 삶에 불행한 일을 더하고 싶지 않았다.

어리석은 하얀 깃털은 내가 자기의 헛소리를 알아듣지 못했다고 생각하고 계속해서 지껄였다.

"저 울타리 위, 늙은 수탉 말이야, 곧 죽겠지? 가족의 우두머리라고 보기에는 좀 그렇잖아. 담이 작고 신경질적인 병든 수탉이라고 하는 게 더 어울리겠군."

롱롱은 하얀 깃털의 허튼 소리에 치를 떨고 있는 나를 보고는 내 머리 위에 자기 날개를 살포시 얹었다. 롱롱의 다독거림에 나는 간신히 평정을 되찾았다. 억지로 눈을 감고 자는 척했지만, 내 정신은 하늘에 있는 별보다도 더 맑고 또렷했다.

날이 밝을 무렵, 하얀 깃털은 오랜 고민 끝에 뭔가를 결심했는지 무척 쾌활해져 있었다. 하루 스물네 시간 울타리 위에 서 있는 아빠가 더 이상 위협이 되지 않는다는 사실을 깨달은 듯했다.

정말로 하얀 깃털은 울타리 위에 서 있는 아빠를 보아도 더 이상 떨지 않았다.

하얀 깃털은 갑자기 벌떡 일어나더니 나에게 말했다.

"너, 빨리 와 봐. 저기 봐. 오래 못 살겠지? 눈에 힘이 없어. 눈에 먼지가 뒤덮여 있는 것 같아. 거미줄이 가득 쳐진 낡은 닭장 같지 않냐!"

"저리 꺼져!"

하얀 깃털은 자기 혼자 흥분해서 내 말을 못 알아듣고선, 나를 향해 목을 길게 뽑으며 물었다.

"뭐라고?"

"꺼지라고!"

한나절 내내 나는 울타리 아래에 서서, 머리를 처들고 아빠를 바라보고 있었다. 오랫동안 아빠는 미동도 하지 않았다. 나는 아빠가 홀연히 우리 곁을 떠날까 봐 와락 겁이 났다. 그래서 아빠를 힘껏 소리쳐 불렀다.

"아빠!"

아빠가 움직였다. 잠깐 졸고 있었던 것이다.

"놀랐잖아요."

그날, 아빠는 울타리에서 한 번도 내려오지 않았다. 먹이도 전혀 먹지 않았다.

어린 주인 토자우도 늙은 수탉이 좀 이상하다고 생각했는지, 잘 말린 옥수수를 긴 꼬챙이에 끼워 아빠의 입 주변에 디밀었다. 그러나 아빠는 그 황금빛 옥수수를 흘깃 쳐다보고는 무표정하게 고개를 숙이고 또 졸기 시작했다. 예감이 좋지 않았다.

저녁이 되자, 주인 여자는 우리를 닭장으로 몰고 갔다. 나는 아빠를 좀 더 지켜보고 싶어서 닭장에 들어가지 않으려 했다. 주인 여자는 나를 발로 힘껏 찼다. 나는 닭장 지붕으로 뛰어올랐다. 그것은 일종의 반항이었다. 주인 여자는 손에 들고 있던 전등을 내 쪽으로 비췄다. 순간 나는 눈앞이 캄캄해져 꼼짝도 할 수 없었다. 주인 여자가 나를 잡아 닭장에 난폭하게 집어넣었다. 나는 밖에서 닭장 문이 철거덩 하고 닫히는 소리를 들었다.

나는 소리쳤다.

"아빠가 힘들어요. 우리를 떠나려는 것 같아요. 울타리 아래에서 아빠를 지켜보게 해 줘요!"

그러나 주인 여자는 욕지거리를 퍼부을 뿐이었다.

"이 놈이 왜 이렇게 소릴 질러?"

내가 만 가지 설명을 하고 백만 가지 이유를 말한다 한들, 내 언어를 모르는 주인 여자가 알아들을 리 만무했다. 깊은 밤, 나는 큰 소리로 울부짖었다. 모두들 내 울음소리에 놀라 잠에서 깨어났다.

하얀 깃털이 소리쳤다.

"야, 우리 잠 좀 자게 해 주라! 엉!"

롱롱이 다가와 조그마한 소리로 물었다.

"무슨 일이야? 악몽을 꾼 거니?"

하얀 깃털은 롱롱의 말을 받아 빈정거렸다.

"다 커 가시고는 악몽을 꾸었다고 운단 말이야? 그러고도 수탉이라고!"

나는 롱롱에게 말했다.

"방금 아빠가 나를 부르는 소릴 들었어."

롱롱이 뭐라 대꾸를 하기도 전에 하얀 깃털이 불쑥 끼어들었다.

"너, 무슨 헛소리야? 아무 소리도 못 내는 수탉이 어떻게 너를 불렀다고?"

나는 닭장 문을 향해 소리쳤다.

"나, 나가야 돼! 아빠를 봐야 돼! 문 열어! 문 열어!"

롱롱은 나를 설득할 수 없다고 생각했는지 동정 어린 눈빛으로 하염없이 바라보았다.

나의 부르짖음은 헛된 메아리로 끝났다. 이 깊은 밤, 주인 가족은 틀림없이 달콤한 꿈 속을 헤매고 있을 테니까. 나는 밤새도록 울었다.

마침내 주인의 발소리가 들려왔다. 닭장 문이 열렸다.

서늘한 바람이 닭장 안으로 밀려 들어왔다. 나는 재빨리 밖으로 튀어 나갔다.

통나무에 거꾸로 매달려 있는 창백한 아빠. 날카로운 두 발로 통나무를 꽉 움켜쥔 채, 마치 통나무에서 뻗어 나온 또 다른 가지처럼 단단하게 버티고 있는 아빠.

아빠는 죽었다. 이번에는 정말로 죽었다. 아빠는 죽어서도 땅 위로 내려오고 싶지 않았나 보다. 어른 닭 어린 닭 할 것 없이 줄줄이 마당으로 나와 섰다. 그리고 늙은 수탉과 이별했다.

주인 남자가 마당으로 나왔다. 공중에 거꾸로 매달려 죽은 늙은 수탉을 발견하고는 말을 잃었다. 토자우는 그 모습을 보고 울음을 터트렸다. 사람과 닭 모두, 험난한 삶을 살았던 늙은 수탉을 애도했다. 나는 너무 많이 울어서 더 이상 울음조차 나오지 않았다.

이웃집 얼룩무늬,
우리 풀밭을 습격하다

  작은 주인 토자우가 능금나무 아래에 아빠를 묻었다.
  울타리 위에는 비스듬히 걸쳐진 통나무가 여전히 같은 자리에 있었다. 나는 자주 고개를 들어, 빛을 받아 반짝이는 그 통나무를 멍하니 바라보곤 했다. 내 눈에는 아직도 통나무 위에 아빠의 그림자가 보이는 듯했다. 아빠의 그림자는 그곳에 계속 남아 있었다.
  아빠의 갑작스런 죽음으로 주인 내외의 양계 계획은 엉망진창이 되어 버렸다. 그들은 나와 하얀 깃털이 클 때까지 기다려 둘 중 하나를 선택한 뒤, 자연스럽게 아빠의 자리를 잇게 할 생각이었다. 그런데 이렇게 되고 나니 당장 아빠의 자리를 대신할 수탉이 필요했다. 나와 하얀 깃털은 그 자리를 맡기에는 아직 너무 어렸다.

나와 하얀 깃털의 체격은 이웃집 얼룩무늬 수탉과는 비교도 되지 않을 만큼 작고 볼품이 없었다. 얼룩무늬 수탉은 덜 자란 수탉 따위에는 관심 없다는 듯 줄곧 우리를 무시했다.

주인은 나와 하얀 깃털이 싸워 누구든 최종적으로 남기를 바랐다. 그들이 원한 것은 장난치듯 하는 가벼운 싸움이 아니라 진정한 승부였다. 그러면서도 주인 내외는 최후의 선택을 잘못하기라도 할까 봐 전전긍긍했다.

"두 마리 다 남겨요!"

토자우가 말했다.

"그건 안 돼. 수탉이 두 마리면 닭들도 두 패로 나뉘거든."

주인 여자의 설명에 주인 남자가 단호한 어조로 덧붙였다.

"한 마리만 남겨야 해."

그날 오전, 햇살이 더할 나위 없이 좋았다. 주인 여자는 마당을 어슬렁거리고 있는 우리를 풀밭으로 내몰았다. 그렇지만 아무도 나가려고 하지 않았다. 나와 하얀 깃털은 더욱 몸을 사렸다.

그때 나와 하얀 깃털은 이웃집 얼룩무늬 수탉이 암탉들을 이끌고 우리 대문 앞 풀밭을 산책하는 광경을 보고 있었다.

하얀 깃털이 나에게 말했다.

"너, 나가 봐."

"네가 나가면 나도 나갈게."

"네가 먼저 저 문을 나서면, 내가 첫 번째로 따라가지."

교활하게도 녀석이 나하고 말장난을 하려 들었다.

"웃기고 있네. 내가 나가면, 네가 첫 번째로 따라온다고? 내 뒤에 따라오는 건 두 번째라는 뜻이야. 그걸 첫 번째라고 말하다니 넌 참 넉살도 좋구나."

내가 말하자 하얀 깃털은 또 딴청을 부렸다.

"너하고 입씨름하고 싶지 않아. 너를 이길 수 없으니까. 그럼 우리 둘 다 대문을 나서지 말자."

주인 여자는 우리가 미적거리며 마당에서 나가지 않는 것을 보고 초조해 했다.

"우두머리 수탉이 없으니, 이웃집 닭들이 우리 집 앞 풀밭에서 맘대로 설치고 있잖아?"

주인 여자는 속이 상해 성질을 부렸다. 잠시 후 그녀는 나와 하얀 깃털에게 쏘아붙였다.

"너희 둘! 봤어, 못 봤어? 우리 집 마당 앞에 얼룩무늬 수탉이 어슬렁거리고 있잖아! 이것들이 먹고 싸는 거 말고는 할 줄 아는 게 뭐야? 다른 집 닭들이 우리 집 앞 풀밭을 다 차지하는 것을 보고도 기가 죽어서 나갈 생각도 못하다니. 이것들이 아무짝에도 쓸모가 없구먼. 내, 이것들을 당장 잡아 고기나 먹어야겠다."

주인 여자가 무슨 말을 하는지 알아들을 수 없는 하얀 깃털은 답답해 하면서 나에게 물었다.

"주인 여자가 우리한테 뭐라고 하는 거야?"

"나는 너한테 통역해 줄 의무가 없어."

"그러면 대충 뜻이라도 말해 줘."

"주인 여자가 오늘 밤 우리 둘을 잡아먹겠대!"

"그게 정말이야?"

나는 짐짓 하얀 깃털을 약올렸다.

"그렇게 불안해 할 필요 없어. 어쨌거나 죽을 거니까."

당황한 하얀 깃털은 어찌 할 바를 모르며 마당 안을 이리저리 왔다 갔다 했다. 그러다 체념한 듯 이렇게 중얼거렸다.

"나는 이제 죽었다. 더 이상 살지 못해."

나는 일부러 큰 소리로 말했다.

"이게 바로 네 본모습이야."

주인 여자는 손에 들고 있던 빗자루를 우리에게 휘둘렀다.

"둘 다, 안 나가!"

우리는 외마디 비명을 지르며 뿔뿔이 흩어졌다. 주인 여자는 양손을 허리에 얹고 대문을 막아 섰다. 그녀의 눈에 실망감이 가득했다. 하얀 깃털은 그녀의 시선이 자신을 향하는 순간, 목을 쏙 집어넣고 냉큼 암탉의 무리 속으로 숨었다. 마치 당장이라도 암탉으로 둔갑하지 못해 한스러운 듯.

주인 여자는 나와 하얀 깃털을 향해 말했다.

"얼른 가서 얼룩무늬 수탉을 쫓아내란 말야!"

내가 뒤를 돌아보았을 때, 하얀 깃털은 이미 사라지고 없었다. 어느새 암탉 무리에서 빠져나와 닭장 속에 꼭꼭 숨은 모양이었다.

그때 롱롱이 내 앞으로 달려와서 당부했다.

"너, 빨리 숨어. 하얀 깃털은 일찌감치 숨었단 말야."

나는 그럴 생각이 없었다. 주인 여자의 손에 들린 빗자루가 내 몸으로 날아들기 전에, 날개를 활짝 펴고 울타리 위로 날아갔다. 그리고 아빠가 생전에 서 있었던 통나무를 부여잡았다. 그 순간 시원한 바람이 불어왔다. 땅 위에서는 절대로 느낄 수 없는 하늘의 바람이었다.

높은 곳에 서서 내려다보니, 풀밭 위의 얼룩무늬 수탉이 참으로 보잘것없게 느껴졌다. 마침 얼룩무늬 수탉이 작은 머리통을 쳐들고 나를 살피고 있었다. 나는 활활 타오르는 불길처럼 사나운 눈빛으로 상대를 쏘아보았다.

통나무에 남겨진 아빠의 체온을 느끼는 순간, 나의 두 발톱에 힘이 불끈 솟았다. 내가 왜 그곳으로 날아오른 건지 비로소 깨달았다. 그곳에 남아 있는 아빠의 그림자와 대화를 나누고 싶었기 때문이다.

나는 곧장 풀밭 위의 침입자를 향했다. 공중을 나는 순간, 깃털이 뒤로 날리면서 화살촉처럼 허공을 갈랐다. 내가 원래 하늘에서 살았던 건 아닐까, 하는 착각마저 들었다.

태어나서 처음으로 어른 수탉과 세를 겨루는 순간이었다. 방금 전 아빠의 그림자와 교감을 나누었기 때문에 나는 조금도 두려울 것이 없었다.

　그러나 일 분 뒤, 내 몸은 만신창이가 되었다. 다 자란 수탉의 발톱이 얼마나 예리하고 날카로운지 뼈저리게 실감했다. 그러나 아빠가 해 준 말을 떠올리며 끝까지 뒷모습을 보이지 않았다.

　얼마 후, 나는 얼룩무늬 수탉의 엄청난 힘에 밀려 머리에 상처를 입고 말았다. 피가 눈앞으로 흘러내려 상대를 바라볼 수조차 없는 지경이 되었다. 주인 남자가 풀밭으로 달려와 얼룩무늬 수탉을 쫓아 버리면서 이 불공평한 결투는 끝이 났다.

　주인 여자는 감동하여 눈물을 흘리며 말했다.

"정말 믿을 수가 없네. 이렇게 어린 수탉이, 어쩌면 그렇듯 용감하게 버틸 수가 있을까? 정말 보기 드문 일이야……."

나는 주인 남자의 품에 안겨 있었다. 조금만 움직여도 온몸이 쑤시고 쓰라렸다. 주인 남자는 조심스럽게 내 상처를 닦아 주었다. 그때 마당에서 하얀 깃털이 다른 닭들에게 이야기하는 소리가 들려왔다.

"쟤 어때? 상처가 심하지? 말이나 할 수 있을까? 곧 죽을 것 같지 않니?"

녀석은 도대체 무슨 생각을 하고 있는 걸까? 내가 낫기를 바라는지, 아니면 쓰러져 일어나지 못하기를 바라는지 갈피를 잡을 수가 없었다. 나는 스스로에게 다짐했다. 반드시 거뜬하게 다시 일어나겠다고.

몸이 어느 정도 회복되어 다시 걸을 수 있게 되었을 때, 나는 능금나무 아래로 가서 한참 동안 서 있었다. 나는 아빠에게 마지막 인사를 했다.

"아빠, 저 우는 데 지쳤어요. 너무 많이 울었거든요. 이제 다시는 울지 않을 거예요."

내가 말을 마치자, 어렴풋한 한숨 소리가 들렸다. 아빠는 죽은 후에도 여전히 나의 대답을 기다렸던 것이다. 나는 오늘에서야 그 대답을 줄 수 있었다.

이웃집 수탉과의 결투로 나는 주인 내외의 인정을 받았다. 주인 여자는 나를 위한 특별식을 정성스럽게 준비했다. 내가 가장 좋아하는 음식은 콩기름에 볶은 야채로 만든 국이었다. 주인이 먹다 남은 밥에는 항상 그게 있었다. 우리 닭들은 그런 음식을 먹으면 몰라볼 정도로 쑥쑥 자라났다.

그렇지만 주인 여자는 내게 먹이를 손쉽게 먹일 수가 없어서 난감해 했다. 특별식을 마당에다 뿌리면, 크고 작은 닭들이 앞 다투어 달려왔다. 닭들은 명절이라도 되는 줄 아는지 조금도 양보하지 않았다. 어쩌다 약간의 예의를 표하는 녀석도 있긴 했지만 그마저도 시늉에 그칠 뿐이었다.

고민 끝에 주인은 나를 새장 속에 넣으려 했다. 다른 닭들이 특별식을 먹지 못하게 막으려는 심산이었다. 주인은 내가 영양을 보충해 훌쩍 자라기를 바랐다.

그렇지만 나는 녹슨 철사 새장을 보자마자 반감이 생겼다. 어떻게든 들어가지 않으려고 발버둥을 쳤다. 주인 여자가 붙잡아 억지로 집어넣으려 하자, 나는 비명을 질러 대며 반항했다. 그녀가 말했다.

"어쩐지 애가 들어가기 싫어하는 것 같네. 이건 다 널 위해서 그러는 거야. 아무것도 모르면서……."

나는 새장 속에서 펄쩍펄쩍 뛰어오르며 난동을 부렸다. 간혀 지내는 귀족 생활을 나는 결코 바라지 않았다. 배가 고프더라도 자유로운 생활이 좋았다. 마구 날뛰다가 새장에 부딪혀 깃털을 긁혔다. 주인 남자는 내가 날뛰는 모습을 보고 잠시 생각에 잠기더니 주인 여자를 설득했다.

"가둬 놓지 않는 것이 좋겠소. 어린 수탉을 새장에 가둬 두면 힘을 키울 수 있겠어? 몸은 자라지만 근육이 퇴화하거든."

주인 여자는 그 말에 일리가 있다고 생각하고 나를 곧 풀어 주었다. 새장에서 나오자마자 나는 곧 안정을 찾았다.

주인은 나에게 좋은 음식을 먹이기 위해, 정말 바보 같은 대책을 생각해 냈다. 아들딸을 비롯한 온 가족이 빙 둘러앉아서 작은 원을 만드는 것이었다. 그 원 안에 나를 넣어 놓고 특별식을 먹이려 하였다. 내가 먹이를 먹을 때 다른 닭들이 근처에 얼씬하지 못하게 하려는 의도였다.

하얀 깃털은 주인 여자의 다리 사이를 뚫고 원 안으로 들어오려다 사정없이 차였다. 약이 바짝 오른 하얀 깃털은 이번에는 투토의 다리 사이를 뚫겠다는 궁리를 짜냈다. 그러나 다리

사이를 채 통과하기도 전에, 투토기 녀석의 날개를 붙잡아 빙빙 돌린 뒤 마당 구석으로 내던져 버렸다.

원 안에서 모이를 먹는 내 맘은 그다지 편치 않았다. 그래서 더 이상 먹이를 입에 대지 않았다. 주인 가족에게 앞으로는 특별식을 줄 필요가 없다고 말하고 싶었다. 주인 여자는 내가 남긴 하얀 쌀밥을 보며 안타깝다는 듯 소리쳤다.

"어서 먹어. 아직도 다 안 먹었네! 얼른 다 먹어. 하나도 남기지 말고. 이건 너 먹으라고 준 거야!"

나는 아랑곳하지 않고 주인 가족이 나를 위해 만들어 놓은 원 밖으로 걸어 나갔다.

하얀 깃털은 죽어라고 나를 미워했다. 우리 둘이 엄청난 차별 대우를 받고 있기 때문이었다. 그러나 그는 이런 차별을 바꿀 만한 좋은 방법을 찾지 못했다. 하얀 깃털은 차별의 직접적인 원인이 무엇인지 알고는 자신의 행동을 뼈저리게 후회하고 있는 듯했다.

　녀석은 수탉으로서의 힘을 보여 주어야 할 때 암탉으로 돌변해 버렸다. 대가를 치르지 않고 위기를 모면하려는 얼간이처럼. 하얀 깃털은 나를 찾아와서 주인에 대한 불만을 잔뜩 늘어놓았다.

　"내가 어쨌다고 나를 이렇게 대우하는 거야? 네가 얼룩무늬 수탉과 싸워서 이긴 것도 아닌데, 너만 총애하면서 특별식까지 주고 말이야. 서양 닭보다 더 좋은 대접을 해 주다니, 정말 이해할 수 없어!"

　나는 약간 빗대어 말했다.

　"너는 그냥 암탉 하렴. 어린 암탉은 피를 흘릴 일도 없고, 조용하게 지내기만 하면 되잖아. 상처를 입을 일도 없으니까 굳이 수탉으로 살 필요가 없는 거지!"

　하얀 깃털은 내 말에 숨은 뼈를 눈치 채고 애써 해명하려 들었다.

　"그날, 내가 대문 밖으로 나가지 않은 것은 무서워서가 아니야. 얼룩무늬 수탉과 견줘 보니, 실력 차가 많이 나겠기에 나중에 싸워야겠다고 생각했던 것뿐이야. 그날 얼룩무늬 수탉과 싸우면 참혹한 결과가 날 걸 일찌감치 알았기 때문이지.

그게 뭐 잘못이니?"

"닭장 안에 숨어서 나오지 않은 것 자체가 잘못이지!"

"그래, 그렇다고 치자. 그런데 조금만 늦었으면 너도 꼼짝없이 죽었어."

하얀 깃털의 말을 들으니, 나아 가고 있던 상처가 다시 쿡쿡 쑤셨다. 하얀 깃털은 내 얼굴빛을 살피면서 이렇게 물었다.

"너, 어디 아픈 것 같은데?"

"괜찮아. 아프지 않아."

"그럴 거 뭐 있어?"

"무슨 말이야?"

"그렇게까지 할 거 뭐 있냐고."

"그게 무슨 뜻이야? 나는 네가 무슨 말을 하는지 정말 모르겠다."

"뭘 모르겠다는 거야? 주인 앞에서 일부러 잘난 체한 거잖아. 앞으로는 그러지 말라고!"

"알았어. 다음에 기회가 생기면 너한테 반드시 양보할게."

내 말이 떨어지기도 전에, 녀석은 삼십 센티미터가량 펄쩍 뛰면서 말했다.

"내가 겁이 나서 얼룩무늬 수탉과 안 싸운 줄 알아? 나는 조금도 두렵지 않아! 넌 졌지만 난 꼭 이기고 말 거야!"

나는 냉소를 머금고 대꾸했다.

"기회는 날마다 있어. 얼룩무늬 수탉이 매일 자기네 암탉들을 데리고 우리 집 앞 풀밭을 휘젓고 다니니까."

하얀 깃털은 이번에도 펄쩍 뛰었다. 다리에 용수철이라도 달린 모양이었다.

"넌 내가……."

녀석은 반쯤 얘기하다 말고 말꼬리를 흐렸다. 더 이상 펄쩍 뛰지는 않고, 대문 밖의 풀밭을 곁눈으로 힐끗 바라보기만 했다. 하얀 깃털의 눈에서 갑자기 혼이 빠져나가는 것처럼 보였다. 나도 대문 밖을 돌아보았다. 이웃집 얼룩무늬 수탉이 그날도 변함없이 암탉들을 이끌고 풀밭을 유유히 거닐고 있었다.

내가 하얀 깃털에게 말했다.

"저기 봐. 네가 마음속으로 갈망하던 기회가 왔어. 네가 우리 집을 대표해서 저들을 내쫓아 버리란 말야!"

하얀 깃털은 머뭇거렸다. 방금 전까지 기세등등하던 모습은 온데간데없이 사라졌다.

"지금은 갈 수 없어. 주인이 없잖아. 주인이 보지 않을 때 싸우다 내가 손해 보면 어떻게 해? 얼룩무늬 수탉한테 물려 죽으려고 할 때, 주인이 구해 주지 않으면 나만 끝장나는 거잖아. 지금은 안 돼. 갈 수 없어. 절대로 못 가!"

"하얀 깃털, 너 생각하는 게 제법 빈틈이 없구나."

그때 멀리서 주인 여자가 물건을 가지고 돌아오는 모습이 보였다. 하얀 깃털도 주인 여자를 보았다. 녀석은 또 숨을 생각을 했다. 나는 하얀 깃털의 앞을 가로막았다.

"하얀 깃털, 주인이 왔어. 이번에야말로 완벽한 기회야. 어서 용기를 내."

이제 남은 핑계가 없으니, 녀석이 얼룩무늬 수탉과의 결투를 선택할 수밖에 없을 거라고 생각했다.

"주인 여자는 왔지만, 주인 남자가 안 보이잖아."

녀석은 또다시 핑곗거리를 찾아냈다. 밴댕이 속을 가진 게 틀림없었다.

나는 주인 여자가 지고 온 물건을 대문 앞에 내려놓는 모습을 보았다. 그녀는 화가 날 때면 언제나 그렇듯 양손을 허리에 얹고서 하얀 깃털을 향해 큰 소리로 말했다.

"너, 또 마당에 웅크리고 있구나. 뭐 하는 거야? 다른 집 닭이 또 우리 집 풀밭에 있는 것 안 보이냐?"

하얀 깃털이 나에게 물었다.

"주인 여자가 무슨 말을 하는 거니?"

"이번에는 숨을 수 없을걸. 또다시 도망가면, 넌 앞으로 편히 지낼 수 없을 거래."

하얀 깃털은 온몸을 부르르 떨면서 말했다.

"주인 여자가 뭐라고 하는데?"

"너보고 피를 흘리라고 하네."

내가 '피'라고 말하자, 하얀 깃털은 비명을 질렀다. 그러더니 별안간 머리에 자극을 받기라도 한 듯 대문 밖 풀밭으로 뛰어나갔다. 얼룩무늬 수탉은 하얀 깃털을 보자마자 그 거대한 몸을 반쯤 굽히더니 고개를 좀 더 숙여 땅과 수평이 되게 했다. 목에 있는 깃털이 바짝 곤두섰다. 두 눈을 부릅뜨고 있는 그의 목구멍에서 위협적인 소리가 흘러나왔다. 그는 진작부터 피 흘리는 결투를 기다리고 있었던 것이다. 그에게 피 없는 결투는 고양이가 쥐를 잡는 것마냥 시시한 놀이에 지나지 않았다.

하얀 깃털은 주인 여자가 보는 앞에서 용기를 내어 풀밭으로 뛰어들려고 했다. 그러나 얼룩무늬 수탉과의 거리가 점점 가까워지자 갑자기 멈춰 섰다.

나는 아빠가 살아 있을 때 벌인 육탄전을 떠올렸다. 상대방에게 돌진할 때는 반드시 관성을 이용해야 했다. 상대방에게 접근하는 순간, 높이 뛰어올라 날카로운 발톱으로 머리를 공격하는 것이야말로 가장 강력한 일격이 되는 것이었다.

얼룩무늬 수탉과 싸울 때, 나는 아빠와 똑같이 했다. 얼룩무늬 수닭에게, 이래 봬도 내게 어느 정도의 공격력이 있다는 것을 확실하게 보여 준 셈이었다. 게다가 내 발톱은 그런대로 힘이 있었다.

하얀 깃털은 겁이 많았다. 공포에 사로잡힌 나머지, 유리한 공격을 시작하기도 전에 기회를 잃어버리고 말았다. 얼룩무늬 수닭은 코웃음을 치더니, 하얀 깃털이 호흡을 고르기도 전에 곧바로 공격을 시작했다. 까만색의 큰 날개를 쫙 펼쳐서 휙 하며 공중을 가르는 소리를 내는가 싶더니 하얀 깃털을 향해 곧장 날아갔다.

얼룩무늬 수닭이 날개를 펼쳤을 때, 하얀 깃털은 땅 위에 드리워지는 거대한 검은 그림자를 보았다. 하얀 깃털은 눈을 질끈 감았다. 캄캄한 밤에 눈을 크게 뜨고 있을 필요가 없듯, 지금은 두 눈을 감는 수밖에 없다고 생각한 모양이었다. 그리고 잠시 후, 살그머니 실눈을 뜨고는 대문 쪽으로 돌아섰다. 녀석은 목을 잔뜩 움츠린 채 날개를 접고 후다닥 도망쳤다.

주인 여자가 소리를 꽥 질렀다.

"도망가지 마! 돌아와!"

하얀 깃털은 주인 여자의 무릎 사이로 쏜살같이 빠져나가 마당으로 들어갔다. 주인 여자가 아무리 야단을 쳐도 소용이 없었다. 숨소리마저 죽인 채 꽁꽁 숨어 버렸다.

얼마 후, 나는 부들부들 떨고 있는 하얀 깃털을 찾아냈다.

"아직 한 판도 안 붙었는데 도망을 치다니? 이게 어떻게 된 일이야?"

하얀 깃털은 숨을 헐떡거리며 더듬더듬 말했다.

"한순간 하늘이 캄캄해지면서 아무것도 보이지 않았어. 어쩔 수가 없었다고. 눈앞이 캄캄했단 말이야."

"네가 눈을 감았으니까 하늘이 캄캄하지!"

주인 여자는 남편에게 하얀 깃털의 볼썽사나운 행동에 대해 이야기했다. 화가 난 주인 남자는 손에 들고 있던 찻잔의 물을 땅에다 휙 뿌렸다. 나는 그들이 대문을 가로막고 서 있다가 하얀 깃털을 잡아 철사 새장 안에 가두는 것을 보았다.

하얀 깃털은 자신의 체면을 엉망으로 만들었을 뿐 아니라 주인 내외의 자존심까지 완전히 구겨 놓았다. 하얀 깃털을 벌주기 위해 주인 내외는 하루 종일 먹이와 물을 주지 않았.

오후에 주인 내외는 새장 옆에 서서 대화를 나누었다. 주인 여자가 먼저 입을 열었다.

"저 녀석을 잡아먹읍시다."

"그러지, 뭐."

하얀 깃털은 주인 내외의 말을 이해하지 못하고 특별식을 주려나 보다, 하고 기대에 차 있었다. 하얀 깃털은 좋은 건 무조건 자기와 관련된 일이고, 나쁜 건 모두 다른 닭들의 일이라고 편리하게 생각하는 버릇이 있었다.

내가 하얀 깃털을 보러 새장 앞으로 다가가자, 녀석이 나한테 물었다.

"주인이 왜 나에게 먹을 것을 안 갖다 주지? 어째서 물 한 모금 주지 않느냔 말이야."

나는 입을 다물었다. 녀석에게 사실대로 말해야 할지 말아야 할지 가늠할 수가 없었다. 사실을 그대로 말해 주면 하얀 깃털은 어떤 반응을 보일까? 그 충격을 감당할 수 있을까? 어쩌면 너무 놀라서 설사를 할지도 몰랐다.

"지금 먹는 것 타령할 때가 아냐."

"나는 지금 먹을 것밖에 생각 안 나. 배가 고파서 죽을 것 같은데, 그거 말고 도대체 뭐가 문제란 거야?"

"안 좋은 얘기야."

"무슨 얘기인데?"

"주인이 너를 잡아먹겠대."

하얀 깃털은 그 말에 입을 다물어 버렸다. 두 눈을 멀뚱멀뚱 뜬 채 나를 바라볼 뿐, 얼굴에는 아무런 표정이 없었다. 순간 나는 하얀 깃털을 그동안 너무 과소평가했다고 생각했다. 하얀 깃털은 그 충격적인 말을 듣고도 저렇듯 의연하지 않은가!

그렇게 생각하는 순간 뿌지직 하는 소리가 들렸다. 동시에 고약한 냄새가 풍겼다. 너무 지독해서 금방이라도 질식할 것만 같았다. 하얀 깃털의 엉덩이를 보니 정말이지 참담했다.

"너, 설사했잖아!"

하얀 깃털은 아무 말도 하지 못했다.

자유로운 영혼

하얀 깃털은 정말 희망이 없었다. 뿌지직거리며 설사를 하고, 새장 안에서 엎치락뒤치락하며 몸부림만 칠 뿐이었다. 그것은 죽음을 앞둔 수탉의 최후 발광이었다.

하얀 깃털은 죽음을 두려워하고 있으며, 죽고 싶지 않아 발버둥을 치고 있었다. 녀석은 목숨을 구할 방법을 생각하기는커녕 자포자기에 빠져 마냥 괴로워할 뿐이었다. 나는 하얀 깃털의 망가진 얼굴을 차마 볼 수가 없어서 한동안 뒷마당으로는 갈 생각도 하지 못했다.

주인 집 거실 뒤쪽에 난 창으로는 뒷마당의 채소밭이 내다보였다. 하얀 깃털이 갇힌 철사 새장은 그 창문 가까이에 있었다. 그날 밤늦게 하얀 깃털이 소란을 피웠다. 주인 남자는 시끄러운 소리에 잠을 이루지 못하다가, 결국은 화가 나서 창문을 열고 야단을 쳤다.

"너, 또다시 소란 떨면 내일 저녁에 잡아먹어 버릴 거야!"

그러나 하얀 깃털은 주인 남자가 무슨 말을 하는지 알아듣지 못하고 계속해서 시끄럽게 굴었다. 결국 주인 여자가 일어나 창문으로 달려가더니 다시금 야단을 쳤다.

"너, 다시 한 번 소란을 피워 봐. 당장 모가지를 비틀어 버릴 테니까!"

나는 닭장 안에서 하얀 깃털이 내는 울음소리를 들었다. 그

것은 하얀 깃털이 세상에 남기는 최후의 소리일시도 몰랐다. 나는 하얀 깃털이 한없이 가엾게 느껴졌다. 그를 놀리거나 보복하겠다는 마음은 순식간에 사라져 버렸다. 내 마음은 근심으로 점점 오그라들었다.

나는 횃대에서 뛰어내린 뒤 닭장 문 앞으로 다가가 부리로 문을 두드렸다. 잠시 후 롱롱이 말했다.

"너, 뭔가 딴 생각이 있지?"

나는 밖의 동정을 살피면서 롱롱에게 물었다.

"너, 하얀 깃털이 우는 소리 못 들었니?"

"토종닭들은 울지 못하잖아. 눈물도 흘리지 못하는걸."

나는 상심해서 말했다.

"지금 하얀 깃털이 울고 있어. 저건 녀석의 통곡 소리야."

"걔가 닭장 안에서 날뛰는 것을 우는 것이라고 한다면 그렇다고 해 두지, 뭐."

나는 칠흑 같은 어둠에 싸인 닭장 속에서 갑자기 크게 소리를 질렀다.

"내가 하얀 깃털을 살릴 거야!"

"하얀 깃털은 이제 죽은 목숨이야. 네가 어떻게 살릴 수 있다는 거니?"

나는 입을 다물었다. 그러지 않아도 마음을 무겁게 짓누르는 무언가를 느끼던 차에 그 말을 듣자 더욱 초조해지기 시작했다.

룽룽이 말했다.

"너, 잠 좀 자야겠다. 그런 쓸데없는 생각일랑은 그만해."

"내가 반드시 살릴 거야."

나는 다음 날 점심 무렵에 기회를 틈타 새장 꼭대기에 있는 문을 열기로 결심했다. 그때쯤이면 주인 내외가 낮잠을 잘 테니까, 새장의 문을 열어 하얀 깃털을 풀어 주는 일이 그다지 어렵지 않을 것 같았다. 더구나 나는 그 일을 처음 하는 것도 아니었다. 전에도 세 발가락을 풀어 주고 도망가게 한 적이 있으니까 식은 죽 먹기나 다름없었다. 그렇게 마음먹고 나니까 한결 편안해졌다. 나는 잠깐 눈을 붙였다.

그런데 다음 날의 상황은 내 계획처럼 순조롭게 흘러가지 않았다. 새벽에 일어나 닭장 문을 여는 순간, 나는 그만 얼이 빠지고 말았다. 두 발이 꽁꽁 묶인 하얀 깃털이 마당에 널브러져 있었던 것이다. 주둥이마저 운동화 끈으로 묶여 있어서 녀석은 숨도 제대로 쉬지 못하고 땅 위에 누운 채 버둥거렸다. 너무나 비참한 모습이었다. 하얀 깃털은 자신을 구해 달라는 듯 애절한 눈빛을 보냈다. 나는 절망스러운 표정으로 하얀 깃털에게 말했다.

"어젯밤에 너를 구할 방법을 생각해 놓았는데, 상황이 이렇게 돼서 손쓸 방법이 없어졌어."

하얀 깃털은 좌절한 듯 내 앞에서 구르기 시작했다. 자신이 하고 싶은 말을 고통스러운 몸짓으로 표현해 보였다.

나는 고개를 돌리며 말했다.

"나로서도 어쩔 수 없어. 사람들이 묶어 놓은 매듭은 한 번도 풀어 본 적이 없거든. 게다가 네 발에 묶인 끈은 질겨서 절대로 풀 수 없을 것 같아."

하얀 깃털은 내 말을 다 듣고 난 뒤, 다시 땅 위를 데굴데굴 굴렀다. 좀처럼 멈출 생각을 하지 않았다. 구르기를 멈추는 그 순간, 녀석의 숨도 멎어 버릴 것만 같았다.

나는 미친 듯이 풀밭으로 달려가서 하얀 깃털의 침통한 표정을 잊으려고 몸부림쳤다. 그때 주인 여자의 목소리가 들려왔다.

"여보, 일하러 가기 전에 수탉을 잡아요. 그래야 저녁에 먹을 수 있죠."

나는 마당을 힐끗 바라보았다. 순간 비통함이 흐르는 강물처럼 내 마음을 휩쓸었다. 이윽고 주인 남자가 집 안에서 나왔다. 입에는 담배를 물고 있었고, 손에는 커다란 부엌칼을 들고 있었다. 그는 손으로 칼날을 매만지며 말했다.

"이 칼, 날이 기막히게 잘 섰는데."

나는 하얀 깃털과 작별하기 위해, 마지막으로 울음소리를 내기로 마음먹었다. 목이 메어 한참 뒤에야 목소리가 입 밖으로 터져 나왔다. 주인 남자가 큰 소리로 말했다.

"오늘따라 그 녀석 우는 소리가 꽤나 듣기 괴롭군!"

주인 남자는 칼을 땅에다 내려놓고, 손으로 담배를 집어 입으로 가져갔다. 주인 여자의 목소리가 다시 집 안에서 울려 나왔다.

"여보, 아직도 안 잡았어요?"

주인 남자는 거듭 마음을 다지며 담배 연기를 크게 한 모금 들이마셨다. 그러고는 집 쪽을 향해 소리쳤다.

"우선 물부터 데워!"

나는 사람들이 닭을 잡을 때, 칼로 목을 내리친 다음 끓는 물에 담가 털을 뽑는다는 것을 알고 있었다. 차마 그 광경을 볼 수가 없어서 짐짓 볏단 뒤로 향했다. 주인

남자가 담배꽁초를 마당에 버리는 모습이 보였다.

담배꽁초의 불빛을 보는 순간 좋은 생각이 떠올랐다. 하얀 깃털을 살릴 수 있을지도 몰랐다.

주인 남자가 몸을 돌려 화장실로 향했다. 하느님, 감사합니다. 하얀 깃털을 구할 유일한 기회가 만들어지고 있었다. 나는 잽싸게 마당으로 날아가, 뜨겁게 타고 있는 담배꽁초를 부리로 물었다. 그리고 곧장 하얀 깃털에게 달려갔다. 녀석은 몸부림을 하도 쳐서 기운이 다 빠진 상태였다.

부리에 물고 있던 담배꽁초의 불로 하얀 깃털의 발을 묶은 신발 끈을 태웠다. 고맙게도 끈은 순식간에 부지직 하고 타면서 끊어져 버렸다.

하얀 깃털은 곧장 일어나지 못했다. 나는 급한 마음에 담배꽁초를 녀석의 얼굴에 갖다 대었다. 그제야 하얀 깃털은 화들짝 놀라 정신을 차렸다. 녀석은 두 발을 움직여 보더니 벌떡 일어섰다. 하얀 깃털은 몹시 감격한 나머지 온몸을 부르르 떨었다.

나와 하얀 깃털은 그 길로 곧장 집 밖으로 달렸다. 마을에서 멀리 떨어진 숲 속까지 한달음에 달려갔다. 잠시 뒤 나는 하얀 깃털에게 이렇게 말했다.

"네 갈 길로 가."

새로운 삶을 얻은 하얀 깃털이 대답했다.
"어디로 가야 할지 모르겠어."
"떠돌이 닭이 되는 수밖에 없을 거야."
"같이 가자."
"안 돼."
"왜? 넌 어째서 미련을 갖는 거니?"
"나는…… 룽룽과 암탉들을 떠날 수 없어."
따뜻함이라고는 이제껏 한 번도 가져 본 적이 없던 하얀 깃털의 눈빛이 갑자기 고향처럼 따사롭게 바뀌었다.
"너, 잘 살아남아야 해. 그럼 나, 갈게!"
"몸조심해."
잠시 후 하얀 깃털은 조그마한 볏단 뒤로 사라졌다. 녀석의 앞날은 어떻게 될까? 나로서는 짐작할 수가 없었다. 내 마음 속에서 애잔한 슬픔이 가시질 않았다.
멀리서 하얀 깃털이 길게 우는 소리가 들려왔다. 나는 그것이 고맙다는 인사라는 걸 알았다. 이로써 토종닭 한 마리가 다른 토종닭 한 마리에게 새 생명을 선물해 주었다. 이 사실을 말해 주어도 사람들은 믿지 못할 것이다.
나도 크게 두 번 소리를 질렀다. 그것은 먼 길을 떠나는 하얀 깃털이 내내 평안하기를 바라는 나의 마음이었다.

양계장의 그들에게
무슨 일이?

 가을이 되자, 우리 집 앞에 있던 풀밭과 시냇물이 갑자기 사라졌다. 하룻밤 사이에 전부 없어진 것이었다. 풀도 없고 물도 없는데, 우리는 대체 앞으로 어디에서 논단 말인가? 우리가 자고 나면 늘 마주치던 세상이 완전히 변해 버렸다.

 밤에는 대형 불도저 몇 대가 와서 시냇물을 흙으로 메워 평평하게 만들더니, 마을의 역사와도 마찬가지인 큰 나무들까지 모두 뽑아내 버렸다. 양쪽의 풀밭과 낡은 집을 부수고 넓은 평지를 만들었다. 마치 거대한 동물의 껍질을 모조리 벗겨서 맨살을 드러낸 것 같은 느낌이었다.

 사람들이 이렇게 넓은 땅을 평평하게 정리해서 뭘 하려고 하는지 도무지 이해할 수 없었다. 나는 이 평지에서 이웃집 얼룩무늬 수탉과 생사를 건 싸움을 수차례 치렀다. 그런데 심상치 않은 이 가을, 내 생활에 많은 변화가 일어났다. 우리 토종닭 가족이 생겨난 이래로, 이런 일은 한 번도 듣지도 보지도 못했다.

 나는 얼룩무늬 수탉과 죽기 살기로 결투를 벌였다. 그것은 실로 수탉들의 진정한 싸움이라 할 수 있었다. 우리가 맞붙는 동안 양쪽 토종닭 가족들이 멀찍이 서서 싸움을 지켜보았다.

 어느 한쪽의 주인이 나서서 간섭하거나 끼어드는 일도 없었다. 그들 역시 높다란 흙더미 위에 서서 우리 둘을 주의 깊게 바라볼 뿐이었다.

 나와 얼룩무늬 수탉의 싸움은 무승부를 기록했다. 그리하여 얼룩무늬 수탉과 나는 서로의 영역을 침범하지 않고 편안하게 잘 지내기로 협약을 맺었다.

 얼룩무늬 수탉이 자기 가족을 데리고 떠날 때, 왠지 퍽 늙어 보인다는 생각이 들었다. 당당하던 풍채는 온데간데없이 사라졌으며, 깃털과 눈빛에도 더 이상 윤기가 돌지 않았다. 가는 세월은 그 누구도 봐주지 않는 모양이었다.

 주인 여자가 의혹이 가득한 눈초리로 나를 바라보며 주인 남자에게 속삭였다.

 "얼룩무늬 수탉이 우리 수탉을 못 이길 것 같은데……. 아무래도 우리 수탉이 봐준 것 같지 않아요?"

주인 여자는 목소리가 매우 컸는데, 아주 가끔씩 머리도 좋았다.

나는 얼룩무늬 수탉과 피 터지게 싸움을 하는 과정에서 그가 많이 쇠약해졌다는 것을 알아차렸다. 측은한 마음이 들어서 더 이상 적극적으로 공격하지 않고 될 수 있는 대로 그의 공격에만 응수를 하였다. 체력이 바닥난 얼룩무늬 수탉이 다시는 공격을 하지 못할 거란 생각에 방어만 했던 것이다. 서로가 덤비지 않는 시합은 누가 봐도 싱거울 수밖에 없었다. 결과적으로 우리는 상대의 눈빛에 숨은 뜻을 읽고 싸움을 그만하기로 한 셈이었다.

롱롱이 그 모습을 보고 말했다.

"얼룩무늬 수탉에게 양보했구나."

"나는 이빨 빠진 늙은 수탉과 싸우고 싶지 않아. 얼룩무늬 수탉은 아빠의 상대였을 뿐 나의 상대는 아니야. 수탉 한 마리를 놓고 2대에 걸쳐 피 터지게 싸울 순 없잖아."

북쪽 지방에 첫 서리가 내릴 즈음, 온 대지에 낙엽이 소복하게 쌓였다.

우리 집 앞 넓은 평지에 반짝이는 양철로 지은 거대한 양계장이 들어섰다. 그 양계장 꼭대기에 서리가 맺히자 우리는 너

나없이 한기를 느꼈다. 땅 위에 내린 서리는 태양빛을 받아 금방 녹아 없어졌는데, 양철 위의 서리는 꽁꽁 얼어붙은 채 추운 겨울을 맞이했다.

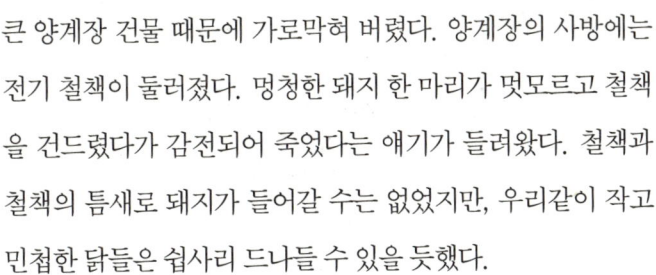

 닭장 문을 나설 때면 언제나 멀리까지 탁 트였던 시야가 그 높고 큰 양계장 건물 때문에 가로막혀 버렸다. 양계장의 사방에는 전기 철책이 둘러졌다. 멍청한 돼지 한 마리가 멋모르고 철책을 건드렸다가 감전되어 죽었다는 얘기가 들려왔다. 철책과 철책의 틈새로 돼지가 들어갈 수는 없었지만, 우리같이 작고 민첩한 닭들은 쉽사리 드나들 수 있을 듯했다.

 날씨가 무척 추운 어느 날, 나는 양계장의 조그만 배기창에서 하얀 김이 나오는 것을 보았다. 나는 그 김이 어떻게 생겨난 것인지 알고 싶었다. 그런데 룽룽이 극구 나를 말렸다. 전기 철책에 걸려 돼지가 죽었다면, 닭이 감전사하는 것은 훨씬 더 쉬울 거라고 말했다. 나는 양계장이 뭐 하는 곳인지 보고 싶다고 털어놓았다.

나는 별로 힘을 들이지 않고 배기창으로 날아갔다. 그 자그마한 창으로 그곳에서 벌어지는 일들을 목격하고는 소스라치게 놀랐다. 나는 거기서 닭들을 보았다. 셀 수 없이 많은 닭들을. 상상하기도 힘든 어마어마한 수에 나도 모르게 입이 떡

하니 벌어졌다.

양계장에는 수천 마리의 흰 닭이 갇혀 있었다. 그들의 생김새는 모두 똑같아 보였다. 닭들은 머리를 철망 밖으로 내민 다음 모이통 쪽으로 숙였다. 기계로 골고루 섞은 특수 사료가 모이통에 도착했다. 잠시 후에는 물도 자동으로 나왔다.

이곳에 있는 닭들은 뭘 하는 걸까? 알을 낳는 닭일까? 나는 양계장에서 이렇게 많은 닭들을 키우고 있을 줄은 꿈에도 생각지 못했다. 만약 그 닭들을 다 풀어 놓는다면, 온 세상은 눈이 온 것처럼 새하얘질 것 같았다. 그들이 싼 똥이 온 마을을 뒤덮는다면? 그건 상상만으로도 숨이 막혔다.

전기 철책 사이를 빠져나올 때 나는 몹시 우울했다. 양계장의 수없이 많은 흰 닭들이 우리의 평화로운 생활에 영향을 주지나 않을까 걱정이 되었던 것이다. 가족들이 공연히 불안에 떨까 봐 마음이 쓰인 나는 그 일에 대해서 입도 뻥긋하지 않았다.

그러던 어느 날, 양계장의 전기 철책 앞으로 여러 대의 트럭이 늘어서더니, 양계장의 흰 닭들을 옮겨 실은 후 곧바로 도시로 떠났다.

쓸데없는 걱정을 했던 것이다. 흰 닭들이 전기 철책을 뚫고 도망친다는 것은 불가능한 일이었다. 그들은 양계장을 나올

방법이 없었다.

양계장의 닭들은 사람들의 식탁에 오르는 식용 닭이었다. 잘 섞은 맞춤식 사료를 먹고, 한 달 반에서 두 달 정도면 제법 큰 식용 닭으로 자라났다. 가엾게도 유년 시절이 너무 짧은 그들은 자기가 어디에서 왔는지도 모른 채 도살장으로 향했다.

주인 내외는 자동화된 그 양계장을 몹시 부러워했다. 자신들로서는 꿈도 꾸지 못할 일이었다. 토종닭들은 일 년을 키워도 식용 닭이 한 달 자란 것만 못하다고 불평을 늘어놓았다.

주인 남자는 양계장에서 산 식용 닭 한 마리를 주인 여자에게 주면서 삶으라고 했다. 요리를 하는 동안, 주인 여자는 쉴 새 없이 냄비 뚜껑을 열고 킁킁거리며 냄새를 맡아 보았다. 아무리 애를 써도 고소한 냄새가 나지 않자 남편에게 이렇게 물었다.

"이거 무슨 닭이에요? 어째서 구수한 고기 냄새가 나지 않는 거지요?"

그러자 가족들이 모두 냄비 주위로 몰려가 냄새를 맡아 보았다. 주인 남자가 한참 킁킁대더니 이렇게 말했다.

"고기 냄새가 아닌 것 같아."

투토 역시 고개를 갸웃거리며 중얼거렸다.

"이상하다. 고소하지가 않아. 고소한 냄새가 하나도 안 나!"

토자우도 잇달아 내뱉었다.

"냄새가 안 나!"

다음 날 새벽, 울음소리를 내고 마당으로 돌아오던 나는 부엌 선반에 먹다 남은 닭고기가 한 접시 놓여 있는 것을 보았다. 다시 하루가 지나자, 주인 여자는 그것을 내다 버렸다.

식용 닭은 전문 사료를 먹지만, 우리 토종닭들은 풀밭의 곤충과 모래를 먹는다. 그래서 우리 토종닭의 육질은 다른 시시한 닭과 비교를 할 수 없을 만큼 쫄깃했다.

나는 단기간에 키워 낸 양계장 닭을 사람들이 그렇게나 많이 먹지는 않을 텐데, 어째서

트럭에 그렇듯 가득 싣고 도시로 가져가는 것인지 알 수가 없었다. 나는 토종닭 가족을 이끌고 양계장으로 가서 전기 철책 주변을 직접 보여 주었다.

울타리 안에 서 있는 몇 마리 식용 닭들. 그들은 눈빛이 흐리멍덩할 뿐 아니라 행동마저 굼벵이처럼 느렸다. 목도 까딱하지 않으려 했다. 양계장 일꾼들이 주변을 지나다가 간혹 닭들이 발에 걸리면 걷어 차기도 했는데, 그럴 때조차 아무런 반응을 보이지 않았다.

나는 주인 내외가 하는 얘기를 통해, 식용 닭의 수명이 겨우 두 달이라는 충격적인 사실을 알았다. 토종닭으로 사는 것은 참으로 큰 행운이었다.

태풍처럼 불어닥친 조류 독감

조류 독감은 겨울에 시작되었다. 어느 날, 나는 마을 쓰레기 더미에 버려진 토종닭들을 보았다. 더럽기 짝이 없는 그들의 끔찍한 모습을 보는 순간, 말할 수 없이 힘들었겠다는 생각이 들었다.

주인 내외는 우리를 집 안에 가두었다. 조류 독감에 전염될까 봐 두려워서 마당 밖으로 한 발짝도 나가지 못하게 했다. 대문을 열다가 뭔가에 걸려 땅바닥에 넘어진 주인 남자가 허둥지둥 일어나면서 소리쳤다.

"큰일 났어, 큰일 났어!"

주인 여자는 주인 남자의 표정에 놀라서 다급하게 물었다.

"뭐가 큰일 났다는 거예요? 도대체 무슨 일이에요?"

주인 남자는 손가락으로 양계장을 가리키며 말했다.

"양계장 닭들이 모두 죽어 나가고 있어."

"식용 닭도 죽을 수 있어요? 양계장에 갇혀 문을 나선 적이 없는데, 어디서 병이 옮았을까?"

"조류 독감이 어떻게 전염됐는지는 모르지만, 밤사이에 양계장에서 칠팔백 마리나 죽었대."

주인 여자의 얼굴이 일그러졌다.

"하느님 맙소사. 며칠 안 가 양계장 닭들이 모두 죽어 나가겠네."

조류 독감이 돈 지 일주일 뒤, 양계장의 전기 철책 안으로 굴삭기 한 대가 들어가더니 크으앙크으앙 하는 소리를 내며 깊은 구덩이를 팠다.

나는 반나절 내내 그 옆에 서서 지켜보았지만, 그렇게 크고 깊은 구덩이를 왜 파는 건지 도무지 가늠이 되질 않았다. 한 시간쯤 뒤, 양계장에서 죽은 닭들이 수레에 실려 나왔다. 생명을 잃은 닭들은 그대로 구덩이 속으로 내던져졌다. 오전 내내 닭들이 구덩이 속으로 버려졌다. 얼마 뒤 굴삭기가 구덩이 속에 흙을 밀어 넣어 그들을 매장했다.

이틀이 지나자, 양계장에는 사람은 물론 닭 한 마리 얼씬하지 않았다. 철책에는 더 이상 전기가 통하지 않았다. 겨울이 채 가기도 전에 양계장은 더없이 스산한 모습으로 변했다.

주인 내외가 철저하게 관리하고 돌본 덕에 우리 집 토종닭들은 한 마리도 죽지 않았다. 조류 독감은 한바탕 지나간 악몽 같았다. 그 끔찍한 꿈에서 깨어나자 우리는 다시 정상적인 생활을 하기 시작했다.

날씨가 차차 따뜻해지더니 바람이 많이 수그러들었다. 공기도 한결 상쾌해졌다. 어느새 우리는 더 이상 추위를 느끼지 않게 되었다. 봄이 온 것이었다.

나는 닭들을 이끌고 밖으로 나갔다. 좀 멀리 갈 생각이었다. 조류 독감 때문에 갇혀 지내느라 답답해서 미칠 지경이었다. 마을을 벗어나자, 아직 새순이 돋지 않은 숲이 보였다. 토종닭들은 흥분해서 너나 할 것 없이 우르르 달려가 재미있는 일을 찾아 헤맸다.

나는 한쪽 구석에 혼자 서 있었다. 갑자기 지난 가을, 바로 여기서 하얀 깃털과 헤어졌던 일이 생각났다. 하얀 깃털은 서서히 멀어져 가다가, 수풀 속으로 들어갔는데……. 녀석은 지금 어떻게 지내고 있을까?

토종닭들은 신이 나서 이리저리 소란스럽게 돌아다니고 있었다. 롱롱이 함께 놀자고 찾아왔지만 나는 혼자 있고 싶다고 말했다. 나는 끝없이 펼쳐진 넓은 들판을 향해 걸었다. 고개를 들어 나무도 보고 먼 하늘의 구름도 보았다. 얼마나 걸었을까? 저만치서 뭔가가 눈에 들어왔다. 저게 뭐지?

참나무 위에 뭔가가 있었다. 닭인가? 토종닭? 닭의 목둘레에 흰색 띠가 목도리처럼 둘러져 있었다. 오, 하느님! 바로 하얀 깃털이었다.

그런데 하얀 깃털이 왜 나무 위에 있지? 어떻게 저기에 있는 것일까? 아아, 나무 위에서 죽은 건가? 순간 나는 멍해졌다. 아무 생각도 나지 않았다. 머릿속에는 하얀 깃털이 나무 위에서 죽는 수만 가지 장면만이 떠올랐다. 나는 하얀 깃털의 이름을 불렀다. 죽었다고 생각하면서도 계속해서 녀석의 이름을 불러 보았다.

나는 참나무 가지 위로 힘껏 날아갔다. 하얀 깃털과 아주 가까이 있는 나무여서 녀석의 모습을 또렷하게 볼 수 있었다.

녀석은 눈을 부릅뜨고 있었지만 몸은 돌덩이처럼 딱딱하게 얼어 있었다. 하얀 깃털에게 말을 건넸다.

"너, 아프니? 아니면 배가 고픈 거니? 얼어 죽은 거야? 아니면 일부러 꼼짝하지 않는 거야? 하얀 깃털, 무슨 끔찍한 일이라도 당한 거니?"

하얀 깃털의 시선을 따라가던 나는 눈물이 펑펑 솟구쳤다. 참나무 위에서는 마을과 주인 집, 그리고 우리가 살고 있는 닭장이 내려다보였다. 나는 하얀 깃털이 마을을 떠나지 않고 주변에서 줄곧 맴돌았다는 것을 알았다. 더 이상 버틸 수 없을 정도로 힘들어지자, 녀석은 우리와 영원히 함께할 수 있는 이 참나무를 선택한 것이었다.

나는 목이 메어 간신히 말을 이었다.

"바보 같은 녀석! 내가 너를 보러 왔는데, 그것도 모르고!"

말이 떨어지기가 무섭게, 딱딱하게 언 하얀 깃털의 몸이 풀썩 하는 소리와 함께 나무 아래에 있는 누런 볏단으로 떨어졌다. 나는 크게 소리 내어 울면서 말했다.

"네 마음 다 알아, 하얀 깃털. 나를 한 번 더 보고 싶었던 거지? 나를 못 본 게 한스러워서 그렇게 눈을 부릅뜨고 죽은 거로구나!"

토종닭, 인기 상승!

나는 무사히 잘 자라 건장한 수탉이 되었다. 오래전 울타리 통나무에 걸려 있던 아빠의 몸은 바짝 쪼그라들어 그림자처럼 변했다. 그러나 아빠가 보여 준 강한 정신력만큼은 내 머릿속에 깊이 새겨져 있었다.

나는 아빠가 겪은 그런 고통을 감당할 자신이 없었다. 만약 아빠가 지금까지 살아 있다면, 전보다 더 심하게 나를 걱정했을 것이다. 지금 내가 사는 세상은, 아빠가 상상도 못할 만큼 빠르게 변하고 있었다. 이런 세상에서 아빠의 보살핌 없이 행복한 토종닭으로 지낼 가능성은 거의 없어 보였다.

봄이 오자, 집 앞 양계장 지붕에 쌓인 눈들이 녹아 내렸다. 양계장은 여전히 텅 비어 있었다. 녹은 눈이 물이 되어 땅으로 흘러내렸다. 며칠 지나지 않아 양계장의 외벽이 거무죽죽하게 녹슬기 시작했다.

어느 날, 도시 사람이 비싼 값으로 토종닭을 사기 위해 차를 타고 마을에 나타났다. 이 무렵 도시 사람들은 농촌에서 나고 자란 토종닭을 즐겨 먹기 시작했다. 그들은 토종닭의 고기가 쫄깃쫄깃하고 맛도 좋은 데다 영양까지 풍부하다고 말했다. 도시 사람들은 속성으로 자란 식용 닭보다 육질이 몇 배나 좋다며 너나없이 토종닭을 구입하려 들었다. 알 낳는 암탉까지도 남아나지 않을 정도였다.

나 같은 토종 수탉은 수가 적어 하루가 다르게 몸값이 올라갔다. 주인 내외는 나를 팔 마음은 없는 듯했다. 단지 토종닭의 수를 늘리고 싶어 했다. 그들은 나처럼 가족을 이끌 수 있는 수탉을 더 많이 필요로 했다.

그러던 어느 날, 번지르르하게 말을 잘하는 도시 사람이 마당에서 주인 여자와 가격을 흥정하고 있었다. 다름 아닌 나를 두고. 그가 이리저리 침을 튀기며 열변을 토하는 것을 보니, 나를 꼭 사고 싶은 모양이었다.

주인 여자가 말했다.

"글쎄, 백 번도 더 말했잖아요. 이 수탉은 안 팔아요!"

주인 여자는 토종닭의 가격이 올랐다는 것과 도시 사람들이 토종닭을 즐겨 먹는다는 사실을 알고는 가격을 조금도 양보하지 않았다.

주인 여자와 손님이 토종닭 가격을 놓고 정신없이 싸울 때, 나는 남은 토종닭들을 이끌고 밖으로 놀러 나갔다. 저녁나절이 되어 집으로 돌아오자, 주인 여자는 나를 거들떠보지도 않았다.

주인 여자가 남편에게 말했다.

"요즘 도시 사람들이 정신이 나갔나 봐요. 아무래도 토종닭을 먹는 데 환장한 것 같아요. 아무리 비싸도 흔쾌히 돈을 내고 사 가겠다지 뭐에요. 그래도 지금 흥정되는 가격으로는 팔 수가 없지요. 며칠 안 가서 또다시 찾아올 텐데요, 뭘!"

주인 남자가 말했다.

"우리가 팔지 않고 가만히 있으면 갈수록 값이 오를 거야."

나는 주인 내외의 대화를 듣고 불안에 휩싸였다. 그것은 분명 새로운 위험을 알리는 신호였다. 토종닭들이 위기에 처한 것이었다. 우리의 운명이 엉망진창으로 바뀌기 시작했다. 토종닭은 서서히 도시 사람들이 즐겨 먹는 식용 닭 신세로 변하고 있었다.

그런데도 암탉은 대부분 생존에 대한 위기감을 갖지 않았다. 화사한 봄꽃이 필 때, 그녀들은 날마다 알을 하나씩 낳는 것으로 주인 여자 앞에서 공신이 되었다. 마음 편하게 '꼬꼬, 꼬꼬' 소리를 낼 수 있었고, 영양식을 받아먹을 수도 있었다.

그날 밤 잠자리에 들기 전, 나는 암탉들한테 내 마음속에 있는 불안을 털어놓았다. 그러나 아무도 귀를 기울이지 않았다. 암탉들은 내가 쓸데없는 말을 한다고 생각했다. 나는 우리가 서로 다른 언어로 이야기하는 건 아닐까, 하는 회의감이 들 정도였다.

며칠이 지나자 주인 여자가 예상한 대로 도시 사람이 다시 찾아왔다. 그는 닭 도매업자였는데, 이번에는 더 좋은 가격으로 주인 여자와 담판을 지으러 온 것이었다. 그러나 주인 여자는 그의 제안을 단번에 거절했다. 결국 그는 이웃집 토종닭을 한 마리도 남기지 않고 몽땅 사 갔다. 늙은 얼룩무늬 수탉까지도.

얼룩무늬 수탉의 신분이 순식간에 달라졌다. 그는 더 이상 토종닭 가족의 우두머리가 아니었다. 이제는 한낱 식용 닭 신세가 되고 만 것이었다. 나는 얼룩무늬 수탉이 트럭 안의 상자에 갇히는 광경을 보았다. 얼룩무늬 수탉은 이해할 수 없는 흥분에 휩싸인 듯한 눈으로 나를 바라보았다.

복잡하게 헝클어진 마음이 나를 힘들게 했다. 강력한 맞수가 없어진 상황에서 더 이상 긴장할 일이 생길 리는 없겠지만 사실은 그런 걸 생각할 겨를조차 내겐 없었다. 지금 가면 다시는 돌아오지 못한다는 사실을 전혀 알지 못하는 얼룩무늬 수탉의 마지막 모습은 두고두고 나를 힘들게 할 뿐이었다.

도시에서 온 트럭에 시동이 걸리고 꽁무니에서 검은 연기가 뿜어져 나오더니, 이내 뿌연 먼지를 일으키며 바퀴가 굴러가기 시작했다. 매연이 사라지기도 전에 나는 몸을 돌려 그 자리를 떴다. 차마 얼룩무늬 수탉을 더 바라보고 있을 수가 없었다. 얼룩무늬 수탉 가족과의 이별은 나에게 말할 수 없는 큰 상처를 남겼다.

보름쯤 지난 어느 날, 잠시 집 밖에 나갔다가 우리를 사려고 자주 드나들던 닭 도매업자의 트럭이 문 앞에 서 있는 것을 보았다. 그런데 그 안에 룽룽이 있었다. 나는 룽룽을 소리쳐 불렀다.

"룽룽!"

룽룽은 나를 발견하고 고개를 떨어뜨렸다. 그녀는 절망적인 표정으로 자신의 마음을 전했다. 내가 나가고 한 시간쯤 지나서, 우리 주인과 닭 도매업자 사이에 거래가 성사된 모양이었다. 그 결과 룽룽을 포함한 토종닭 십여 마리가 팔려 가게 되었다.

나는 분노로 머리가 어지러웠다. 무작정 룽룽에게 큰 소리로 외쳤다.

"룽룽, 내려와! 얼른 차에서 내려!"

룽룽은 고개를 가로저으며 말했다.

"내려갈 수가 없어……."

문득 내가 무척 바보스럽게 느껴졌다.

닭 도매업자는 일꾼들을 지휘하며 폭이 넓은 헝겊으로 토종닭의 새장들을 하나씩 묶었다. 흉물스러울 만치 큰 헝겊이 시야를 가로막는 바람에, 나는 룽룽이 울부짖는 소리만 간신히 들을 수 있었다.

매정하게도 트럭이 곧 움직이기 시작했다. 나는 트럭을 따라 먼지 속을 달렸다. 그 순간 나는 제정신이 아니었다. 차라리 미치는 게 나을 것 같았다. 트럭이 모퉁이를 도느라 속도를 늦췄을 때, 잽싸게 트럭의 지붕 위로 날아올랐다. 지붕 위에는 바람이 거세게 불고 있었다. 바람에 날려 떨어질 것만 같았다. 귀에는 온통 룽룽의 울음소리만 가득했다. 룽룽의 목소리는 큰 헝겊에 막히고 바람에 흩어지며 먼지 속으로 사라져 갔다.

큰길로 나오자 트럭의 속도가 두 배나 빨라졌다. 급작스럽게 속력을 올리는 바람에 나는 그만 차에서 굴러 떨어지고 말았다. 뒷바퀴에 내 오른쪽 날개가 스쳤다. 나는 아파서 외마디 소리를 질렀다.

"롱롱!"

나는 땅 위로 떨어져 중상을 입었다. 그때 트럭이 멈추었다. 그리고 운전석에서 닭 도매업자가 튀어나왔다. 그는 곧장 내게로 달려오며 떠들었다.

"백미러로 닭 한 마리가 바퀴에 치는 것을 보았어. 이게 웬 횡재야!"

나는 꼼짝도 하지 않았다. 움직일 수 없어서 그런 것이 아니라 내 몸의 힘을 모으기 위해 일부러 가만히 있었다. 내 눈앞에 큰 가죽 구두가 멈춰 섰다. 닭 도매업자가 몸을 굽히고 손을 뻗어 나의 날개를 잡으려는 순간, 나는 있는 힘을 다해 높이 날아올랐다. 그러고는 사나운 기세로 그의 얼굴을 쪼았다.

"엄마야."

닭 도매업자는 두 손으로 얼굴을 감싸며 뒤로 벌렁 넘어졌다. 그래도 분노가 다 풀리지 않았다. 오른쪽 날개의 아픔을 꾹 참으며 아직 얼굴을 감싸고 있는 그의 손과 머리를 마구 쪼아 댔다. 닭 도매업자는 살려 달라며 고래고래 소리를 질렀다.

"사람 살려. 닭 귀신이 나타났어!"

잠시 후 트럭에서 남자 두 명이 내리더니 내 쪽으로 달려왔다. 나는 보이지도 않는 룽룽을 소리쳐 불렀다.

"룽룽, 안녕!"

그러고는 얼른 수풀 속으로 몸을 숨겼다. 나는 풀숲에 웅크린 채 상처를 살피며 애타게 룽룽을 그리워했다. 그 후로 나의 생활은 크게 달라졌다. 모든 것이 변해 버렸다.

영혼까지 따뜻한
날들

　나는 토종닭들을 이끌고 고향을 떠나기로 결심했다. 롱롱을 잃고 난 뒤, 이렇게 지내는 생활에 염증을 느낀 나머지 지난날을 모두 버려야 한다고 결론지었다. 하지만 실천에 옮기려고 할 즈음, 암탉들이 병아리를 부화하기 시작했다. 그 모습에서 나는 다른 세상을 발견한 듯한 느낌이 들었다.

　나는 실행을 잠시 미루기로 했다. 암탉들과 아직 세상에 태어나지 않은 어린 토종닭들을 포기할 수 없었다. 그렇지만 결심이 흔들리진 않았다. 아니, 오히려 더욱더 확고해졌다. 수백 마리의 병아리가 이 조그만 마당에 머물면서, 우리가 겪은 암담한 길을 그대로 따른다는 것은 상상만으로도 끔찍했다.

　나는 기다렸다. 기다리면 기다릴수록 책임은 커져 갔다.

그러는 동안 나의 상처도 서서히 아물었다.

병아리들은 연달아 알을 깨고 나왔다. 까만 주둥이로 알껍데기를 깨고 나와 밝은 빛을 맞는 그들을 보면서, 나는 알을 깨고 힘겹게 기어 나오던 내 어린 시절이 떠올랐다.

털이 복슬복슬한 병아리들이 요리조리 왔다 갔다 하는 모습을 보며 내 눈에는 다시 눈물이 고이기 시작했다. 행복했던 유년 시절이 무척 그리웠다. 아름답고 애틋한 어린 시절을 떠올리며 나는 전율했다.

나는 좀 더 기다려야 했다. 내 아이들의 털이 좀 더 풍성해지고, 조금 더 튼튼해져서 돌을 먹어도 위에 탈이 나지 않을 때까지 기다렸다.

주인 여자가 주인 남자에게 말했다.

"이 닭장 안의 병아리 중에 될성부른 수평아리가 있을까요? 반드시 튼실한 수평아리 몇 마리를 골라내야 해요."

그 얘기를 듣고 나자, 나는 내 계획을 더 이상 미룰 수가 없었다. 내가 어렸을 때, 주인 여자가 똑같은 말을 한 적이 있었다. 삶은 이렇게, 일 년 또 일 년, 하루 또 하루, 끊임없이 되풀이되고 있었다.

모험을 떠나야 했다. 그렇지 않으면 아무것도 바뀌지 않을 테니까. 물론 나는 우리가 거친 자연의 한복판에서 살아가기가 무척 힘들 거라는 사실을 잘 알고 있었다. 그러나 우리는 반드시 떠나야 했다. 지금 이곳에서 머뭇거린다면, 우리에게 남는 것은 사람들의 칼날에 도살당하는 운명뿐이었다.

나는 오랫동안 생각하느라 아주 피곤했다. 암탉들의 부화기가 지나기를 기다리고, 병아리들의 털이 빳빳하게 자라기를 기다리는 동안, 내가 점점 늙어 간다는 사실을 깨달았다.

어린 토종닭들의 몸에 난 깃털들이 촘촘하고 짙어졌다. 그리고 보기 좋게 윤기가 흘렀다. 고개를 숙여 내 몸을 살펴보니, 군데군데 털이 빠졌을 뿐 아니라 광택이라곤 도무지 찾아볼 수가 없었다.

오른쪽 날개의 상처가 거의 다 아물긴 했지만, 날개를 완전히 접을 수는 없게 되었다. 몸과 날개 사이에 벌어진 틈으로 바람이 새어들어 살갗을 에었다. 게다가 다친 날개에 거친 깃털이 두 개나 돋아났다. 아래로 삐죽 삐져나온 깃털 때문에 걸을 때마다 불편해서 자세가 자꾸만 구부정해지고 있었다.

어느 날, 나는 혼자 볏단 위에 서 있었다. 햇빛이 쏟아지는 대낮이었는데 한심하게도 깜박 졸았던 모양이었다. 갑자기 화들짝 놀라서 깨어나 보니, 작은 주인 토자우의 품에 안겨 있었다. 투토는 누나 옆에 앉아 손으로 나의 벼슬을 어루만지며 말했다.

"얘도 늙었네."

나는 깜짝 놀랐다. 내가 늙었다. 이제 늙은 것이었다. 정신을 바짝 차리지 않으면 안 되었다. 이런 저런 생각을 할 여유가 없었다. 지금이 바로 실행에 옮길 때였다!

이튿날 아침, 나는 목청껏 새벽 울음을 뽑았다. 이 집 마당에서 마지막으로 우는 소리였다. 그러고 나서 아무 일도 없는 것처럼 느긋하고 편안하게 주인 여자가 주는 모이를 다 먹었다. 그런 뒤, 크고 작은 토종닭들을 이끌고 집을 나섰다. 그리고 곧바로 마을 밖으로 달려갔다.

나는 그들을 이끌고 앞장서 걸었다. 가자, 가자. 나는 뒤를 돌아보지 않았다. 어린 닭들이 볏단에 가려 길을 잃어버릴까 봐 마음이 쓰여 풀이 없는 길을 골라 걸었다. 그곳은 사람들이 다니는 길이었다. 마을 밖으로 이백오십 미터쯤 달려갔을 때, 맞은편에서 걸어오고 있는 사람이 보였다. 다름 아닌 주인 남자였다.

주인은 단번에 우리를 알아봤다. 그는 두 손을 뻗어 우리를 마을 방향으로 돌려놓더니 낯익은 마당으로 몰고 갔다. 나는 크게 낙담했다. 첫 번째 도망은 이렇듯 시시하게 실패로 끝나고 말았다.

그날 저녁, 주인 남자가 주인 여자에게 말했다.

"오늘 오후에 수탉이 닭들을 이끌고 마을 밖 멀리까지 가더라고. 다행히 내가 발견해서 겨우 데리고 왔어. 수탉이 이 많은 닭들을 데리고 어디로 가려 한 건지 모르겠네."

주인 여자가 말했다.

"우두머리 수탉이 너무 늙었어요. 틀림없이 기억력이 떨어져서 그랬을 거예요. 집으로 돌아오는 길도 제대로 모르다니, 멍청하게!"

나는 멍텅구리로 가장하여 나의 야심찬 계획을 감쪽같이 숨길 수 있었다. 그 일을 더욱 완벽하게 감추기 위해 대낮에도 목청껏 울음을 울곤 했다. 새벽과 오후도 구분 못하는 멍텅구리 늙은 수탉으로 위장한 것이었다.

그럴 때마다 주인 여자는 큰 소리로 꾸짖으며 말했다.

"이 멍텅구리 녀석, 지금이 어느 땐데 울어? 지금은 오후야. 새벽이 아니란 말이야."

주인 여자는 방으로 들어가면서도 끊임없이 잔소리를 해댔다.

"새벽인지 오후인지도 구분 못하다니! 정말 못 말려."

이틀 후, 다시 기회가 왔다. 주인 가족이 모두 도시로 나가서 저녁 늦게야 돌아오는 날이었다.

나는 우리 가족을 이끌고 탈출하기로 했다. 지난번의 경험을 거울삼아 이번에는 사람들이 잘 다니지 않는 길을 선택했다. 어린 닭들이 풀숲 사이로 고개를 내밀고 언제 집에 도착하는지 물었다. 나는 아직 갈 길이 머니까 마음의 준비를 단단히 하라고 일렀다.

우리는 아주 천천히 걸었다. 노는 것을 좋아하는 어린 닭들은 툭하면 일행을 벗어나곤 했다. 해질녘까지 걸은 뒤, 몇 마리씩 무리지어 볏단에서 잠을 잤다. 많은 닭들이 바깥 생활을 불편해 했다. 나는 조금만 있으면 좋아질 거라고 말해 주었다.

한 바퀴 순찰을 하고 막 잠을 자려는데, 큰 검둥개가 보였다. 검둥개가 줄곧 우리 뒤를 따라온 것이었다. 나는 바짝 긴장했다. 이 녀석! 골칫거리가 생기고 말았다. 그동안 죽은 듯이 잠자코 있더니, 내가 이렇게 쇠약해지니까 다시 나타난 것이었다.

검둥개는 주변을 어슬렁거리며 상당히 끈질기게 나를 관찰하고 있었다. 기회를 노리는 녀석을 보면서 나는 점점 긴장이 되었다.

나는 검둥개를 향해 걸어갔다. 아주 평온한 걸음으로. 균형을 잃지 않으려고 노력하며 몸이 움츠러드는 것을 애써 참았다. 나는 고개를 들어 하늘을 보았다. 달빛이 정말 밝았다. 환한 달빛 덕분에 침침한 눈으로도 어둠 속에 누워 있는 적을

잘 볼 수 있었다.

검둥개는 내가 자기 앞으로 다가올 거라고는 생각지도 못하다가 흠칫 놀라 볏단에서 몸을 일으켰다. 그러고는 슬그머니 한 발짝 뒤로 물러났다. 녀석이 뒷걸음질치는 모습을 보자, 젊었을 때의 용기가 되살아났다. 나는 머뭇거리지 않았다. 녀석을 향해 곧장 날아갔다. 나의 두 발톱은 검둥개의 두 개골을 용감하게 꽉 움켜쥐었다.

검둥개는 곧 외마디 소리를 질렀다. 내 쇠약한 발톱이 그런 강한 힘을 발휘할지 꿈에도 생각지 못하다가 공격을 받고 놀란 것이었다. 녀석은 풀숲으로 재빨리 숨어 버렸다. 내가 바라던 결과였다.

온 힘을 다해 공격해서 그런지, 나는 곧 지쳐 버렸다. 검둥개가 내 상태를 꿰뚫고 반격해 왔다면 나는 그대로 무너져 버렸을 터였다. 검둥개는 여전히 나를 훑어보고 있었다. 한 번 더 공격하고 싶었지만, 이번에는 높이 날아오를 자신이 없었다. 나는 뒤로 잠시 물러나 호흡을 가다듬었다.

바로 그때, 검둥개가 달빛에 번득이는 이빨을 드러냈다. 나는 고통스럽게 소리를 질렀다.

"누가 나 좀 도와주렴······."

그때 내 옆쪽의 볏단에서 어린 수탉이 푸드득 하고 공중으로 날아올랐다. 꼭 어렸을 때의 나처럼, 그 어린 수탉은 검둥개에게 달려들어 두 발톱으로 머리를 강하게 공격했다. 검둥개는 예상치 못한 반격에 깨개갱 비명을 지르며 수풀 속으로 또다시 도망쳤다.

검둥개가 다시 오지 않을 거라는 확신이 드는 순간, 발톱에 통증이 몰려왔다. 고개를 숙여 내려다보니 발톱의 딱딱한 껍질이 찢겨져 있었다. 나는 이제 너무 늙어서 더 이상 싸울 수 없는 몸이 되고 말았다.

나는 탄식하며 말했다.

"내가 언제 이렇게 늙었지?"

나는 고개를 돌려서 방금 나를 도와준 어린 수탉을 찾았다. 멀리 떨어져 서 있는 어린 수탉. 한 번도 관심을 보이지 않았던 아이였다. 나는 그 아이에게 말했다.

"너한테 신세를 졌구나."

어린 수탉이 말했다.

"아빠, 돌아가 쉬세요."

나는 울고 싶었다. 그러나 그럴 수 없었다. 묵묵히 서 있는 어린 수탉을 보자 내 마음은 다시 희망으로 가득 찼다.

가족을 이끌고 며칠을 걸었는지 모른다. 우리가 가야 하는 큰 숲으로 들어가기 전 낯선 마을을 지날 즈음, 나는 더 이상 걸을 수 없는 지경에 이르렀다. 오른쪽 날개가 땅에 닿아 거의 질질 끌고 가야 하는 상태였다. 예전에 날 수 있게 힘을 주었던 날개가 이제는 걷는 데 장애가 되고 있었다. 나는 좀 쉬겠다고 이야기한 다음, 토종닭들에게 앞으로 계속 나아가라고 말했다.

지난번 검둥개와의 싸움에서 나를 도와주었던 어린 수탉이 말했다.

"아빠, 앞쪽에서 기다릴게요."

토종닭들은 앞으로 걸어나갔다. 그들은 내가 언제까지나 늙지 않은 채 가족을 보호하며 산을 넘어 천당까지 데리고 갈 수 있다고 믿고 있었다.

나는 휴식을 취하며 천천히 멀어져 가는 닭들을 지켜보았다. 그 순간 내가 더 이상 움직일 수 없다는 사실을 깨달았다. 그러나 죽을 때가 되었다고는 생각하지 않았다. 나는 온 힘을 모아 발을 내딛으며, 숲에서 내 가족들과 다시 만나기를 간절히 바랐다.

마지막으로 가족들에게 눈물을 흘리지 말라는 당부를 하고 싶었다. 다시는 울지 않겠다는 예전의 맹세를 어기고, 눈물이 얼굴을 타고 풀밭으로 떨어져 내렸다. 흘러내리는 눈물을 멈출 수가 없었다.

갈증이 나고 배가 고팠다. 나는 잎사귀 몇 개를 뜯어먹으며 가까운 마을로 걸어갔다. 얼마쯤 걸었을까. 크고 작은 닭들이 풀밭에서 모이를 먹고 있는 모습이 보였다. 나는 그들을 향해 소리쳤다. 그렇지만 한 마디도 나오지 않았다. 나는 눈을 감았다. 잠시 눈을 좀 붙여야겠다고 생각했다.

다시 깨어났을 때, 낯선 토종닭들이 나를 둘러싸고 서 있었다. 그중 한 마리가 말했다.

"이것도 토종닭 같아요!"

"아유, 저것 좀 봐. 몸에 털이 다 빠져 버렸네!"

"먼 길을 걸어온 것 같은데, 어딜 가려고 했을까?"

나는 감동했다. 몸에 털이 거의 다 빠졌는데도, 그들은 내가 토종닭인 것을 한눈에 알아보았다.

나는 대답하고 싶었다. 울고 싶었고, 웃고 싶었다. 그러나 어떤 것도 할 수 없었다. 벙어리가 되어 버린 모양이었다. 나는 마음속의 감동을 전하기 위해 몸을 한 번 털었다. 비록 털이 다 빠져 피부가 훤히 드러나는 몸이지만 이 행복한 마음을 깊이깊이 새겨 두고 싶었다.

그때 다른 토종닭이 떨리는 목소리로 말했다.

"이것 좀 봐. 이 닭이 눈을 감으려고 해……."

순간, 나의 영혼은 사뿐히 하늘로 날아올라 흰 구름 위에

올랐다. 내 몸 주위에 서 있는 한 무리의 토종닭들이 보였다. 그들은 해가 저물 때까지 내 곁을 떠나지 않았다.

  풀숲 깊은 곳, 그곳에서 내 영혼은 어린 토종닭 한 마리가 길게 우는 소리를 오래오래 새겨들었다. 내 영혼은 그 소리를 따라, 멀리 떠나가는 내 가족들을 쫓아갔다.

  나는 안다, 내 영혼은 죽지 않았다는 것을.

그린이 **선위엔위엔**[沈苑苑]

1957년 중국 항저우에서 태어났다. 1985년 중국미술대학을 졸업했으며, 현재 소년아동 출판사에서 미술 편집 위원으로 일하고 있다. 인물 묘사에 탁월한 재주를 가지고 있어서 그런지, 어린이나 청소년의 생활 모습을 그리는 데 남다른 애정을 갖고 있다. 《이상한 우산》, 《나도 아빠가 될 수 있어요》, 《큰 머리 아들과 큰 머리 아빠》 외 많은 작품에 그림을 그렸다.

첫판 1쇄 펴낸날 2008년 6월 5일
47쇄 펴낸날 2026년 1월 2일

지은이 창신깡 **옮긴이** 전수정 **그린이** 선위엔위엔
발행인 조한나
편집 박고은 정예림 강민영
디자인 한승연 김혜은
마케팅 문창운 김인진 김은희
회계 양여진 김주연

펴낸곳 (주)도서출판 푸른숲
출판등록 2003년 12월 17일 제2003-000032호
주소 서울특별시 마포구 토정로 35-1 2층, 우편번호 04083
전화 02) 6392-7871~7874 **팩스** 02) 6392-7875
이메일 psoopjr@prunsoop.co.kr **인스타그램** @psoopjr
홈페이지 www.prunsoop.co.kr

ⓒ 푸른숲주니어, 2008
ISBN 978-89-7184-776-3 44820
      978-89-7184-419-9 (세트)

* 잘못된 책은 구입하신 서점에서 바꾸어 드립니다.
* 이 책 내용의 전부 또는 일부를 재사용하려면 저작권자와 푸른숲주니어의 동의를 받아야 합니다.